JN059803

うちの姫様を選ばないなんてどうかしてる!

若き皇帝はお付きの侍女を溺愛する

小山内慧夢

Illustration

ウエハラ蜂

gabriella books

うちの姫様を選ばないなんてどうかしてる!
若き皇帝はお付きの侍女を溺愛する

contents

第一章　マチルダの失敗 …… 4

第二章　もふもふと城下散策 …… 79

第三章　王女と嫉妬 …… 126

第四章　あまい、にがい …… 182

第五章　『寵妃』と暗殺 …… 208

第六章　どうかしてる …… 242

第七章　ある意味予想通りの結婚式 …… 277

あとがき …… 284

第一章　マチルダの失敗

来た。

とうとう待ちに待った日がやって来た。

マチルダはにやにやが止まらない顔を侍従長に注意されて一旦表情を整えたが、廊下に出た途端またにやにやと締まりない笑みをこぼした。侍女として常日頃から美しい姿勢を崩《くず》さないようにしているが、慶事なだけに表情はどうにもならない。

今日も娘盛りのしなやかな身体を年齢にそぐわないお堅い女教師のような臙脂《えんじ》のドレスに身を包み、飾り気なく纏《まと》めた髪の毛先を風に遊ばせながら早足で歩く。

マチルダは周りが目に入らないほどに興奮して、トレイを持つ手が震えるのを抑えられなかった。

磨き抜かれ曇りひとつない銀のトレイの上には、ムイール帝国からの招待状が乗せられている。マチルダの主であるラムニル国王女・クリスティーヌを舞踏会に招待するという内容である。

招待主はムイール帝国の皇帝ケルネールス。そのカリスマで人心を掴《つか》んで離さないと評判の為政者だ。

マチルダは足を踏み入れたことのない帝国に思いを馳《は》せながら、迷いない足取りで中庭への道を進む。

この時間、王女クリスティーヌは中庭でお茶を楽しんでいる。

王女付きの筆頭侍女であるマチルダは主の行動の全てを把握していた。お茶の準備から茶菓子の種類までマチルダが抜かりなく準備したものだ。

周りの者が若干引くほどクリスティーヌに忠誠を誓っているマチルダにとって、クリスティーヌがつつがなく暮らすことこそが至上の喜びである。

ラムニル国は気候と景色がいいだけでたいした資源も産業もない小国ではあるが、それでも幸せはすぐ傍にある。たとえばクリスティーヌの傍《かたわ》らとか。

クリスティーヌが笑顔で、ラムニル国が平和であれば野心も財産も必要ない、とマチルダは思っていた。

(しかしそれとこれとは話が別だわ)

マチルダはトレイの上の招待状に視線を落とした。クリスティーヌが招待された舞踏会とは、未《いま》だ伴侶を持たないケルネールスの皇妃の選定であることは外交筋からの情報で既に明らかである。

(うちの姫様が選ばれないわけがない!)

クリスティーヌの事を考えると、自然と口角が上がった。

ラムニル国唯一の王女であり、全国民の妹と慕われるクリスティーヌは輝く金の髪に宵《よい》の滴《しずく》を集めたような藍《あい》色の瞳を持ち、その笑顔は永久凍土すら溶かすと言われている。

怒った者がクリスティーヌを見れば己の狭量さを恥じ、悲しみに暮れる者が見れば生きる気力を取り戻す。少なくともマチルダはそうである。

学問に秀で語学も堪能、音楽や芸術など多方面に亘《わた》る才能を持ちながらも少しも出しゃばったところがない、まさに完璧な淑女《しゅくじょ》である。

もしもクリスティーヌを妻に望む者は手を上げろ、と言われたら老若男女を問わずほぼ全員が手を上げるだろう。

（まあ、一番に手を上げるのは間違いなくわたしですけど）

クリスティーヌのこととなるとまったく遠慮する気がないマチルダであった。

次の角を曲がれば中庭で寛《くつろ》ぐクリスティーヌの姿が見えるはず。今日は妖精のような若葉《わかば》色のドレスだ。

さぞや庭園の白バラに映えるクリスティーヌが見られるだろうと意気揚々と顔を上げたマチルダの目に許しがたいものが映り込んだ。

本来ならば後ろに控えるべき護衛騎士がクリスティーヌのすぐ隣で、しかもクリスティーヌの頬《ほお》に騎士の鼻先が触れてしまいそうなほどに顔を近付けていたのだ。

「ファース様、なにをしておいでです⁉　離れて、離れてー！」

身体に似合わぬ大声を出すと、マチルダは驚異的な速さで二人に近付く。

それでも銀のトレイから招待状を落とすような無様なことはしなかったのはさすがである。

「あら、マチルダ」

マチルダの声に振り向いたクリスティーヌは、まるで花が綻ぶように微笑《ほほえ》んだ。

それを見てマチルダの頬がへにょりとだらしなく緩んだが、居住まいを正した護衛騎士ファースをキッと睨《にら》む。

「クリスティーヌ様、あら、じゃありませんわ！　たとえ護衛騎士であろうと殿方にそのように気を許しては……まったくなんて純粋無垢《むく》でお可愛《かわい》らしい！……ファース様、さきほどの距離は非常時に許された距離よりもやや近かったですわ。お気をつけになって！」

クリスティーヌへの小言が台無しになるほど蕩《とろ》けた顔を向けたマチルダが、護衛騎士にはその大きな琥珀《こはく》色の瞳をつり上げて声を硬くする。

その切り替えの速さに目を丸くしたクリスティーヌは堪《こら》えきれずころころと声を上げて笑った。

「うふふ、マチルダったら。ごめんなさいね、気をつけるわ……でも非常時に許された距離、なんてあるのね。知らなかったわ」

「配慮が足りず、申し訳ありません」

ファースが一歩下がってクリスティーヌに頭を下げたあと、マチルダにも頭を下げた。

もっと注意したかったが、こうも潔く謝られては続けるのが難しい。

ファースは侯爵家の次男で文武に優れ、王家の覚えもめでたい将来有望な騎士である。貴族令嬢からのアプローチがひっきりなしにあると聞くがその涼やかな瞳が驕《おご》りに濁ることはない。

爵位から言えば格下の貧乏子爵令嬢であるマチルダにも礼節を持って接してくれる紳士である。

マチルダは喉から出かかったお説教を呑《の》み込んだ。

ファースはクリスティーヌのために命を捧《ささ》げるのも厭《いと》わないと誓っている、マチルダが一番信頼している騎士である。

今回のことは偶発的に起きてしまったことなのだろう。それに、自分も事情を確認もせずに一方的に叱るようなことをしてしまった。

いくらクリスティーヌのことが大事だといっても、少々行きすぎだったかもしれない。

狭量だとクリスティーヌに思われたくない、と思い直してマチルダはごほん、と咳払《せきばら》いをする。

「ファース様は、今後気をつけていただければ……それはそうとクリスティーヌ様、とうとう来たのです！」

マチルダは銀のトレイを恭《うやうや》しくクリスティーヌに差し出す。

帝国の舞踏会の話はとうに耳にしているはずのクリスティーヌはきょとんとしたあと、帝国独特の封蠟《ふうろう》を見つけ、すう……と目を細めた。

そうすると儚《はかな》げな印象の美少女の中に凛々《りり》しい淑女の顔が見え、マチルダはどきりとした。

毎日のように誠心誠意仕えていても日々新しい顔を発見する。

これだから姫様の侍女はやめられない……やめる気は全くないけど！

マチルダは暑苦しく拳《こぶし》を握った。

「そう……来たのね。帝国からのお招きだもの、行かないという選択肢はないわね」

さっきまでの楽しい雰囲気はかき消え、クリスティーヌは音もなく立ち上がる。

背筋を伸ばし、胸を張るその姿は威厳すら感じさせる。

マチルダは自然と頭を垂れた。

「考え事をしたいから、少しひとりにしてちょうだい……中庭からは出ないから」

普段気を遣って護衛しやすいように我《わ》が儘《まま》など言わないクリスティーヌが一人になりたいと言う。

それに否と言えるほどマチルダは四角四面な性格ではなかった。

マチルダは仕事よりもクリスティーヌのほうが大事なのだ。

しかし護衛として承服しかねるのか、ファースがクリスティーヌの後を追おうと一歩前に出ようとしたのを手で制する。

「ファース様、姫様の仰せのとおりに」

護衛騎士はクリスティーヌの身体を守るのが任務かもしれないが、マチルダはクリスティーヌの心を守るのが天命と信じている。

その辺の番犬などよりも獰猛《どうもう》な顔で牽制《けんせい》するマチルダに、ファースは眉を下げる。

「……侍女殿は本当に姫様が第一なのですね」

ファースは気持ちを切り替えるためか、ふう、と小さく息を吐くとクリスティーヌを見守るように遠くを見た。

王宮内で危険はないだろうが、万が一のことがあってはならない、と周囲に注意を払う。

「ええ、姫様が第一です」

有事の際は自分が盾になることも厭わない、いいや、自分は盾になるためにいるのだ。

マチルダは胸の前で拳を固く握った。


ラムニル国の貴族の娘として生を受けたマチルダ・フェローは物心つく頃には既に弁《わきま》えた子供だった。誰が教えたわけでもないのに息をするように状況を感じ取り、今とは違い非情に諦めがよかった。

手のかからないマチルダを、両親はいい子だと褒めたが、徐々にその異常さを心配するようになった。貴族とはいえ貧乏子爵家であるフェロー家は中流の商家よりも暮らしぶりが苦しかった。それでもマチルダに受けさせる教育だけは手を抜かない両親を、マチルダは尊敬していたし、その期待に応えようと努力もした。

子供らしい我が儘を言わないマチルダの心を揺さぶろうと両親は奮闘《ふんとう》したが、結果は出ないままマチルダはすくすくと成長した。

やがて年頃になったマチルダは貴族の子女であれば一度は経験する、行儀見習いのために王城に上がった。その頃には自分の将来について建設的に考えていたマチルダは、この先働くにしてもどこかに嫁に行くにしても、王城務めは箔《はく》がつくので絶対に必要と考えていたため、積極的に立ち回った。

両親からしっかりと立ち居振る舞いについて躾《しつ》けられていたマチルダはすぐに頭角を現し、上の者から褒められ重宝がられたが、同時期に城に上がった貴族令嬢からは煙たがられた。

それは今まで蝶《ちょう》よ花よと育てられた裕福な令嬢と、貧しさゆえなんでも自分でやらなければいけなかったマチルダとの気構えの差だったが、それを甘受する令嬢はほぼいなかった。

彼女たちの鬱屈《うっくつ》がマチルダに向かうようになるのにそう時間はかからなかった。やりたくない仕事はマチルダに押し付けようという流れが生まれ、それでは飽き足らない令嬢はことあるごとにフェロー子爵家の貧乏さを嘲笑してマチルダを辱《はずかし》めた。

マチルダとていい気はしなかったが、貧乏なのが事実なら、彼女たちの家格のほうが上なのもまた事実。仕事は要領をわかる者が担当した方が効率がよいと半ば納得して仕事に勤《いそ》しんでいた。マチルダは自分なりの処世術でなんとかバランスを取っていた。

その均衡が崩れた原因になったのは、王女クリスティーヌからの贈り物だった。日頃の感謝を込めて、と一人ずつに配られたのは可憐《かれん》なレースに縁取られた真っ白なハンカチだった。マチルダはそれを大事に持っていたが、ある日数人から呼び出され、そのうちの一人の令嬢からハンカチを交換するように言われたのだ。

「あなたの持っているものを寄越《よこ》しなさい。代わりにこっちをあげるわ」

「……でも、これは」

マチルダに向かって放《ほう》られたハンカチには酷《ひど》いインクのシミがついていた。洗っても落ちなさそうなそれを見てマチルダはこっそりとため息をついた。断ったところで恐らくこの令嬢はハンカチを諦めないだろう。最悪マチルダに危害を加えるかも知れない。

本心では渡したくなかったが、マチルダは仕方がないと諦めた。駄目もとでしみ抜きをしてみようとそれを拾おうとしたとき、鈴を鳴らすような声が聞こえた。

「それはどうしたの？」

振り向いたマチルダの瞳に映ったのは王女クリスティーヌだった。その視線は今まさにマチルダが拾おうとしたハンカチに向けられていた。

インクのシミが見えてしまっているため、目の前の令嬢は顔を青くしている。

これはどう取り繕ってもおかしなことになるだろうとマチルダが黙っていると、令嬢は突然泣き出した。

「わたくしのハンカチが、マチルダに汚されてしまったのです……！　せっかくクリスティーヌ様から頂いたものなのに……！」

儚げに泣き崩れる令嬢に、周りは話をあわせて令嬢に同情の声を掛ける。そして口々にマチルダを非難し始めた。その剣幕《けんまく》に押され、マチルダが身に覚えのない罪を謝罪しようと膝を折ると、クリスティーヌが鋭く叫んだ。

「跪《ひざまず》いてはならないわ、マチルダ！」

「え……？」

まさか王女から名を呼ばれるとは思わなかったマチルダが動けないでいると、王女が駆け寄ってきてマチルダを背に庇《かば》い、令嬢達に対峙《たいじ》した。

「私は全部聞いていたのよ。ミラルカ、こんな悲しいことをしては駄目。気高《けだか》さを失ってしまうわ」

クリスティーヌは厳しい声で令嬢を諭《さと》す。いつも笑顔で声を荒らげることを知らないような王女の思いがけない一面に、マチルダは言葉を無くすほど驚いた。

「あなたたち、民の手本となるべき貴族令嬢がこんなことでどうするの？　いったいマチルダになんの落度があってつらく当たるの？」

クリスティーヌの問いに答えられない令嬢達は唇を噛《か》んで下を向く。皆内心では多少なりとマチルダに対する行為に正義がないことを承知しているのだ。

「……フェロー子爵家はわたくし達とは家格が違いすぎます……」

ミラルカ……ガウェス公爵令嬢ミラルカが絞り出すように発言したが、その声は震えていた。それが正解ではないと知っていても発言せずにはいられなかったのだろう。公爵令嬢としての矜持《きょうじ》がそうさせるのかもしれなかった。

「財産の有無や形式的な身分の高低で個人を量《はか》ることはおやめなさい、それは恥ずべきことよ」

キッパリと断じられ二の句を継げずにいる令嬢に、クリスティーヌは下がるように命じた。そしてマチルダを振り返り、その少し荒れた手を取った。

「マチルダ、あなたがいつも頑張っていることは知っているわ。もっと自分に誇りを持ちなさい。和を重んじる気持ちは大切だけれど、全てを呑み込んで言いなりになっていてはみんなのためにもならないのよ？」

マチルダはクリスティーヌの包み込まれるような慈愛に感動し打ち震えた。

クリスティーヌの公正を重んじる態度に深く感銘を受けたマチルダは王女付きの侍女に立候補した。

そしてクリスティーヌの傍らに侍《はべ》っていても恥ずかしくないようにと己を磨き、若くして筆頭侍女となったのだった。以来クリスティーヌに対する気持ちは薄れるどころか深まる一方だ。周囲からはまるでクリスティーヌに恋でもしているようだと揶揄《やゆ》されることもあるほどだ。

マチルダはあの日のクリスティーヌの言葉で生まれ変わったといっても過言ではない。ただ諾々《だくだく》と受け入れ流されるまま生きていくのではなく、地に足を着けて生きる。

そう心がけているうちに神経は太く強く、マチルダの中でクリスティーヌはなににも侵されない唯一となったのだった。

招待状が届いておよそ一月《ひとつき》後、ラムニル国王女クリスティーヌとその忠実な侍女マチルダはムイール帝国に入った。

出発までの間にマチルダは敬愛するクリスティーヌの夫となる予定のケルネールスの情報を可能な限り集めた。若きカリスマ、美しき戦神《せんじん》と誉れ高い皇帝だが、あまりに完璧な話だけだと逆に疑わしい。

噂《うわさ》には尾ひれが付くのが定石《じょうせき》だからだ。マチルダは外交官らと注意深く情報を精査した。

しかし出てくる話は敵将がケルネールスのあまりの美貌に剣を取り落としたとか、歴戦の戦士だが部下を庇《かば》って負った傷しかないとか、規律を重んじ、自軍の兵であっても人倫に悖《もと》る行いをした者は厳しく処罰するとか、まるでおとぎ話の中のようなものしか出てこなかった。

最初は情報操作でもしているのかと疑ったマチルダだったが、あるとき気付いた。

（皇帝に対する賞賛の言葉は、姫様のそれに似ている……！）

公平で公正で、身も心も美しい。

皇帝の逸話を収集するうちに、マチルダはいつしか皇帝を好ましく思い、皇帝にならばクリスティーヌを預けられるかもしれないと思うようになっていた。

誰にも任せられない。自分がずっとクリスティーヌの盾となり剣となり、時に壁になるのだと思っていたのに、そんな気持ちを抱くようになるとは思いもしなかったのだ。

だが、実際に信用に足る人物かはやはり直接会って見定めなければならない。マチルダのような下級貴族が大帝国の皇帝を見定めるなど滑稽かもしれなかったが、それでもマチルダはクリスティーヌの幸せのために、と気持ちを奮い立たせて帝国の地を踏んだ。


大陸の半分以上を支配するムイール帝国はのどかな田舎の小国ラムニルとは違い、目にするものどれもが珍しく、かつ壮麗であった。

ムイールは長く続いていた武力による侵攻を数年前にやめ、内政に力を入れ始めた。長い戦争で綻びが出てきた統制を再び強めるためと思われる。

どこか冷たさを感じさせる石造りの王城は要塞の意味合いが強いのか、人を寄せ付けない雰囲気があった。

ラムニル国が女性的な柔らかい印象の王宮だとしたら、ムイール国は間違いなく男性的である。通された部屋は豪華絢爛《ごうかけんらん》という言葉がぴったりと当てはまる素晴らしい部屋で、王宮住まいが長いマチルダも思わず口をあんぐりとあけて呆《ほう》けてしまった。

クリスティーヌも驚きを隠せない様子で辺りを見回している。

「……招待した皆がこのような部屋を宛《あて》がわれているのかしら……？」

我が国ならばこれだけで破産してしまうわ、とため息をついたクリスティーヌをマチルダは微笑ましく見つめる。

「クリスティーヌ様にそれだけの価値がおありだという証左《しょうさ》ですわね！　さすがわたしの姫様！」

国力の差を目の当たりにして気後《きおく》れしては、とマチルダは努めて明るく振る舞う。

それに気付いたのか、クリスティーヌはにこりと笑みを浮かべる。大丈夫よ、と言いたげなその柔らかい微笑みにマチルダは同じように笑みを返す。

「さあさあ、クリスティーヌ様、早速歓迎の宴《うたげ》があるらしいので準備をしましょう！　美しく着飾ってわたし自慢の姫様をみなさまに披露させてくださいませ！」

マチルダは急いで荷ほどきをすると同行した他の侍女たちに指示を出して支度を始めるのだった。

ラムニルと違い、特徴的な文化を持つムイール帝国では昔から婚約者や伴侶はお互いの髪や瞳の色の衣装や宝飾類を身につける習慣があることは有名だ。

最新の姿絵を入手するのは間に合わなかったが、皇帝ケルネールスは銀髪に緑の瞳の美丈夫《びじょうふ》だという。

マチルダはラムニル国の外交官たちと状況を精査の上、クリスティーヌの衣装もそれを加味して厳選して持ってきた。銀や緑のドレスを身に纏うことはできるが、しかしいまはまだ『舞踏会に招待された他国の姫』という位置づけである。

皇帝の色を纏うのは些《いささ》か主張が強いと各所で意見の一致をみた。それよりもクリスティーヌの清楚《せいそ》で品のある美しさを引き立てるようなドレスにするべきだ。

それに歓迎の宴は姫君たちの顔見せの意味が強く、皇帝は参加しないと聞いている。マチルダはクリスティーヌの美しさを最大限活《い》かすべく、ラムニルの国花であるスミレをデザインに取り入れた、淡いスミレ色のドレスを捧《ささ》げ持った。

「やはりこれですわ……！」

クリスティーヌの輝く金の髪を引き立てつつ、決して主張しすぎない。

なお且つ小柄なわりにグラマラスなクリスティーヌのプロポーションをさりげなく誇示することができる。いま着るべきドレスはこれだとマチルダは確信した。

湯浴《ゆあ》みをし、髪を美しく結い上げ化粧を施し、スミレ色のドレスを身に纏ったクリスティーヌはマチルダと護衛騎士ファースを伴って宴の席へ臨《のぞ》んだ。

＊＊＊

ムイール帝国の若き皇帝ケルネールルスは至宝とも言われる碧玉《へきぎょく》の瞳を眇《すが》めた。

執務室のデスクには堆《うずたか》く積まれた紙の束がある。

それがなにかと問うほど暗愚ではないつもりだが、それでも敢《あ》えて口にした。

「……これはなんだ。執務の邪魔だ」

どけろ、と近侍《きんじ》に目で合図をするが、それを阻《はば》むように宰相《さいしょう》が紙の束を更にケルネールスに近付ける。

近侍は宰相と皇帝に挟まれて顔を青くするが当の二人は涼しい顔である。

「舞踏会への参加者名簿が出来上がりましたので、確認をお願い致します」

名簿と呼ぶには分厚すぎるその紙には姫君の容姿や性格はもちろん、その国の概要や今後予想される帝国への利益不利益までもが書き記されているのだろう。

厚さから察するその人数は……考えたくもなかった。

「この中からお前たちがいいと思う者を上から五人選べ。そして私にはサイコロをひとつ準備しろ」

「五人ですか？　面が余ってしまいますが」

その通りにするつもりもないのに宰相が話に乗ってくる。

ケルネールスは器用に片眉を上げると、ふん、と息を吐く。

「誰も選ばないという面だ」

ケルネールスは自分が皇帝という立場を継がなければいけないことに懐疑的だった。

ケルネールスの知る限り、帝国の歴史において世襲が必ずしもいい方法ではないことは明らかだ。

子や孫を可愛く思うことは悪いことではない。しかし愛もいきすぎると歪《ゆが》む。政治に必要以上の愛を持ち込めば破綻するのは目に見えている。

我が子可愛さに本質を見誤り本当に有能な人材から目を背《そむ》けたり、あまつさえ冷遇したりという愚かな事例は歴史上数知れない。ケルネールスは自分が無能とまでは思わなかったが、皇帝には向いていないと思っている。

人を一段高いところから見下ろすより、仲間と共に戦場で剣を振るったり、街で人々の生活に触れたりするほうがよほど性に合っていた。

しかし父である先帝が突然崩御《ほうぎょ》したせいで皇帝の椅子に座らずに済むための根回しが十分ではなかった。故に次の皇帝を選出するまでの繋《つな》ぎ、ケルネールスは自分をそう思っていた。

「これでも厳選したのです。サイコロも面白そうですが、招待状はもう送ってしまいましたので、今更五人の狭き門ですのでお帰りくださ い、と門前払いするのは軋轢《あつれき》が生まれましょうなあ。まあ、その苦情を全て陛下が処理してくださるならば僭越《せんえつ》ながら私どもで上から五人、お選びいたしましょう」

そう言って胸を張った宰相にケルネールスは再び片眉をつり上げた。

そもそも舞踏会を開くことになったのは、自国の姫を売り込もうと謁見《えっけん》を希望する周辺国の外交官が増えすぎて支障が出てきたための苦肉の策である。国内の有力貴族達の牽制だけでも疲れるというのに、あのような面々に借りを作った状態で大量に相手にするのか、と思うとぞっとする。

「皇妃という新しい風はきっと帝国に更なる繁栄と国益をもたらしてくれることでしょう」

宰相は声と胸を張った。

戦争で疲弊した国力の回復と内政の充実、そのための一大イベントである皇妃の選定を成功させるべく、宰相はケルネールスよりも張り切っていた。

「せっかく足を運んでくれた他国の姫達を帝国の道具のように言うのはやめろ……しかし宰相の言う通りなにも知らないままでは失礼だろうな……致し方ない」

ケルネールスは大きなため息をついてその紙の束を引き寄せて上からめくり始めた。

その様子を宰相は満足げな顔で見ていたが、集中し始めたケルネールスに一礼して執務室を出ていった。

＊＊＊

帝国の宴はマチルダが知るラムニル国のどの宴よりもきらびやかで、目が眩《くら》むようだった。

マチルダが身につけているのは濃い赤紫の、比較的地味なドレスである。クリスティーヌの可憐さを引き立てる最高の壁紙となるために選びに選んだ品だった。

「マチルダも私を引き立てる事だけを考えないでもっとおしゃれをしてちょうだい」とクリスティーヌは口を尖《とが》らせるが、マチルダは特に不満は無く、自分のアッシュブラウンの髪色によく合う色だと思っていた。

既にたくさんの姫君が歓談する中、「ラムニル国王女クリスティーヌ様」と侍従長がコールすると、クリスティーヌに気付いた王女たちがざわりと揺れた。

みな美しく着飾り笑いさざめいていたが、一瞬口を噤《つぐ》み油断のない視線を走らせてきた。

それはクリスティーヌの後ろを歩くマチルダにも棘々《とげとげ》しく突き刺さる。

（まあ、皆様さすがに素晴らしい審美眼をお持ちだわ。一瞬にしてクリスティーヌ様を強敵だと判断された）

澄ました顔を崩さず、マチルダは内心ニヤリとほくそ笑む。

そんな棘を綺麗《きれい》に隠し、顔見知りの近隣国の王女たちがクリスティーヌに声を掛ける。

自然に輪の中に入って楽しそうに歓談するクリスティーヌに安堵《あんど》しながらもマチルダは油断なく目を配る。

このまま和《なご》やかに宴が済めば、と思っていたがそうはいかなかった。

マチルダが侍女同士牽制しつつ情報交換をしていた隙に、クリスティーヌに難癖をつけてきた王女がいたのだ。

「あら、淑女の中にひとり物のわからない人がおりますわね。おおいやだ、見ているこちらが恥ずかしい」

仰々しい仕草で声を張るのはムイール帝国と近しい関係にあるスライリ国のカドミーナ王女だった。皇帝の色を意識したと思われる鮮やかな緑のドレスを身に纏い、派手な羽根飾りのついた扇《おうぎ》を手にしている。

クリスティーヌは戸惑いを浮かべながらも王女に礼を尽くしてから尋ねる。

「どういうことでしょうか？　わたくしがなにか失礼を？」

「自覚があるのならすぐにここから退出するべきだわ。これ以上みなさまを不快にさせる前に！……本当に辺境の田舎王女は見苦しいことこの上ない！」

扇で出口を指し示すカドミーナ王女の口調は荒々しく、あまりに一方的だった。

クリスティーヌの戸惑いは周りにも伝播《でんぱ》したようで、周りにいたほとんどの王女達は眉を顰《ひそ》めている。マチルダはそんな人の波を縫ってすぐにクリスティーヌの傍に駆けつけ背に庇った。ほんの少し離れたとはいえ、クリスティーヌ自身はおかしな言動をした様子はなかった。するはずもない。

「恐れながら……我が姫がなにか？」

マチルダがクリスティーヌを隠すようにして前へ出る。

帝国ほどではないとはいえスライリ国もラムニルにとっては大国である。たとえそれが言いがかりだとしても余計な軋轢《あつれき》は避けたいところだった。

ここで目をつけられては皇帝の伴侶選定に余計な影を落としかねない。

王女は目を細めてマチルダを睨み、高い鼻をつんとさせて、唇を歪ませた。

「ケルネールス様のお色をまったく身につけないなんて不敬だと言っているのよ！」

どうやらカドミーナ王女はクリスティーヌがスミレ色のドレスを纏っているのが気に食わないらしい。しかしマチルダの見たところ、必ずしも銀や緑のドレスやアクセサリーを身につけている姫君ばかりでは無いように見受けられた。いわれ無き糾弾《きゅうだん》は有力候補を潰《つぶ》そうとする先制攻撃のように感じる。

「恐れながらカドミーナ王女様、本日のこの衣装はわたくしが姫様に提案させていただきました。ムイール帝国では恋人や夫婦で互いの色を纏う素晴らしい風習があるのは存じております。しかしいまはまだ舞踏会に招待されただけという身の上、皇帝陛下のお色を纏うのは些《いささ》か早計かと存じまして」

これもクリスティーヌの美しさと滲《にじ》み出る気品の弊害、とマチルダは自分を納得させ、カドミーナ王女に礼を尽くす。

帝国に思うところがあるわけでも奇を衒《てら》ったわけでもないことを理解してほしくて心を砕いて説明したつもりだったが、それは少しもカドミーナ王女に届かなかったようだ。

それどころか、王女は更に激高《げっこう》した。

「まあ！　主人がもの知らずなら従者は礼儀知らずとは……私が分を弁《わきま》えていないというのね！」

カドミーナ王女は言葉尻をつかまえて騒ぎ立てる。

周りの王女たちもさわさわと声を潜めてこちらを注視している気配がした。局所的だった騒ぎが広がりそうになり、最小限で食い止めたかったマチルダは徐々に焦《あせ》りを感じていた。

スライリ国を敵に回すのは避けたい。

マチルダはさきほどよりもゆっくり穏やかに聞こえるように気をつけて口を開いた。

「いえ、そうではございません。本日のお召し物はカドミーナ王女様によくお似合いです。ただ、王女様がそのドレスを選んだのと同じように我が主《あるじ》にもこのドレスを選んだ理由があることを、どうかご理解いただけないでしょうか」

カドミーナ王女をないがしろにするつもりはない。

しかしカドミーナ王女は一度火がついたら止まらない性分だったようだ。声を更に張り上げ扇でマチルダを打たんばかりに激しく言葉を叩《たた》きつける。

「言い逃れは見苦しいわ！　どうせそんな地味なドレスしか用意できない貧乏な田舎王女など皇帝陛下に選ばれるわけはないのだから、恥をかく前にさっさと帰りなさい！」

まるで野良犬でも追い払うように扇でしっしっ、とあしらわれた瞬間、マチルダの堪忍袋《かんにんぶくろ》の緒《お》がキリキリと引き絞られた。

「貧乏な、田舎、王女……」

確かにラムニル国は裕福な国ではないし、ムイール帝国にもスライリ国にすら及ばない。しかしこのような扱いを受ける筋合いはない。ましてや帰れと言われて黙っていられるわけがなかった。

クリスティーヌがここにいるのはひとえにムイール帝国から招待されたからである。それはこの場にいる王女全てに共通したことだ。

皇帝に帰れと言われたなら応じよう。しかし同じ立場であるはずのカドミーナ王女から言われるのは筋違いだ。マチルダは腹の底がカッと熱くなるのを感じた。

「マチルダ、いいのよ。下がって」

よからぬ気配を察知したのか、クリスティーヌが小声でマチルダの袖《そで》を引くが、マチルダは反対に一歩前に出た。

「貧乏も田舎も反論は致しません。しかし我が君は誰よりも輝かしい知性と美しい心根、素晴らしい美貌を備えた淑女であられる。扇一本で追い払われるようないわれは一片もございません。さきほどの王女の態度は承服致しかねます、撤回を」

マチルダは顔を上げカドミーナ王女を真正面から見据えた。

他国の王族だからと和《やわ》らげていた視線は、いまは厳しく王女を突き刺していた。

「なんてこと！　たかが侍女風情が一国の王女たるこのわたくしに意見を？　信じられない侮辱だわ！　誰か、この者を捕らえて！」

カドミーナ王女はわなわなと震えてマチルダを指弾《しだん》する。

マチルダは瞬《まばた》きすらせずにカドミーナ王女に対峙した。自分は間違ったことはしていない。たとえ捕らえられたとしても視線を逸《そ》らすつもりはなかった。

「撤回を！」

重ねて迫るマチルダにカドミーナ王女は怯《ひる》んだ。

恐らくいままでこのように強硬に迫る臣下が身近にいなかったのだろう。

カドミーナ王女の美しい顔が歪んで、扇を持った手が振り上げられた。扇で打たれる、と瞬間的に理解したが、マチルダは目を逸らさず微動だにしなかった。

たとえ打ち据えられてもクリスティーヌに対する暴言は許せるものではない。少しくらい痛くても構わない、と覚悟を決めたとき、背後から手が伸びてきてマチルダの額《ひたい》辺りを庇った。ふわりとえもいわれぬ良い香りがしたかと思うと同時に腰を引き寄せられる。

急な出来事に声も出せずにいると、すぐ後ろから低い声がした。

「帰れ、は言いすぎだな。そのくらいにしておいたほうがいいだろう。双方収めよ」

少々呆《あき》れを含んだような、落ち着いた低い声にカドミーナ王女が『あっ』と驚きの表情を見せた。

しかしマチルダは振り向かず口を開く。

「いいえ、たとえ国力で劣るとも退くべきではないところで退いてしまっては沽券《こけん》に関わるというもの……ましてや我が姫を扇一本であしらわれるなど許容できません！　どなたかは存じませんが口を挟まないでいただきたいで、……す」

皇妃候補が集まる宴であればどこかの王女の護衛騎士か、もしかすると帝国側の騎士かもしれないと考えていたマチルダだったが、周囲のざわめきがどよめきに変わったことに違和感を覚え、振り向いた。

そこには輝くような銀髪に緑の瞳を神秘的に揺らめかせた美丈夫が、驚くほどの近さで存在していた。扇から庇ったとはいえ、まるで後ろから抱き締められるような体勢にマチルダの顔はかあっと熱くなった。

ただそこにいるだけで周囲の視線だけではなく、乙女たちの心までも奪うような暴力的な色香とカリスマ

に、マチルダは一瞬意識を失うかと思った。なんとか気力で意識を繋いだが、その涼しげな眼差《まなざ》しがまっすぐに自分に向かっていることに気付き更に目眩《めまい》を覚える。

（こ、こんな美形がわたしを視界に入れているなんて……っ！なんて見事な銀髪と宝石のような緑の瞳……え、もしかして……！）

優しく包み込むようなクリスティーヌの美しさとはまた違った美の奇蹟《きせき》に触れ、マチルダはようやく理解した。

この男性が皇帝ケルネールスだと。

＊＊＊

ケルネールスはなかなか減らない書類の束をうんざりと眺めた。気分転換にテラスに出て外の空気を肺いっぱいに吸い込むと、どこからか小さく音楽が聞こえてきた。

（ああ、歓迎の宴か）

ケルネールスが臨席《りんせき》する必要が無い、各国姫君の顔合わせではあったがケルネールスは興味が湧いた。書類ではなく、実際の姫君を見るほうが理解を深めることになるのではないかとふと思ったのだ。

皇帝が来ないということはみな承知しているし、皇帝がいないところで姫君達がどんな様子なのかお忍びで様子を見に行くのもまた一興。

（決して、書類に飽きたわけではない）

一国の長らしくない言い訳をしながら執務室を抜け出し宴の会場へ向かったケルネールスだったが、到着してすぐ不穏な場面に出くわした。見覚えのあるスライリ国の王女が可憐な王女に突っかかっている。

（気が強いと思ってはいたが、他者にここまで威圧的な物言いをするとは。しかも言いがかりではないか）

確かにムイール帝国では伴侶や恋人の色を纏う風習がある。しかし帝国はそれを参加者に強制してはいない。それに帰れとはあまり行きすぎている。騒ぎが大きくなる前に仲裁に出て行こうとしたケルネールスに先んじた者がいた。どうやら可憐な王女の侍女らしかった。

地味なドレスを着てはいるが立ち居振る舞いが指先まで美しかった。毅然《きぜん》と主を弁護する様に目が離せなくなった。心の底から主を敬愛しているのだろうと感じられる熱量が羨《うらや》ましかった。

（羨ましい……？　あの侍女が？　それとも、姫が……？）

あのように背に庇われたいわけではない。しかしあそこまで熱烈に思われてみたいと思わせるほどに、侍女の視線は曇りなく、まっすぐだった。

ケルネールスは仲裁しようという当初の目的よりも、あの視線を自分に向けたいと思う自分の心のままに、足を運んだ。扇で打たれそうになっても避けようとしない侍女を慌てて引き寄せ庇う。思ったよりも細くて小さい身体に思わず息を呑む。

こんな細い身体で主のためとはいえ良くも身体を張ったものだと感心する。声を掛けると思わぬ反論を受けたが、それすら小気味よかった。

自分を認識したであろう驚きに琥珀色の瞳が見開かれるのを見て、ケルネールスは口角を上げた。

やっと私を見た、と思った。

クリスティーヌのためならたとえ火の中水の中、が信条のマチルダもさすがに血の気が引いた。

知らなかったとはいえ皇帝に『黙っていろ』と言ってしまったのだ。どう取り繕おうとその事実は消せない。しかし青ざめ慌てて頭を下げたマチルダに気分を害した様子はなく、ケルネールスは顎《あご》に指を添える。

「聞いたところドレスの色で揉《も》めたようだが？　そのような些末事《さまつごと》……」

片眉を上げて目を眇めたケルネールスはぐるりと辺りを見回す。周囲に緊張が走った次の瞬間、場を弛緩《しかん》させるように、ふ、と口角を上げる。

「服など、脱いでしまえば何色だろうと気にもならぬ」

ニヒルな表情に各所から黄色い悲鳴が上がる。

顔を赤らめて侍女や護衛に支えられる初心《うぶ》な王女もいたが、マチルダは舌打ちをしたい気分を隠してさらに深く頭を下げる。

（なにを破廉恥《はれんち》な……！　これが賢帝と言われるケルネールスの言葉なの？）

頭を下げたまま、マチルダは苦い顔をする。

いくら顔がよくてもこのような軽薄なことを言う男に、大事なクリスティーヌを輿入《こしい》れさせて大丈夫なのだろうか？　クリスティーヌは幸せになれるのだろうかと考えを巡らせた時、カドミーナ王女がさきほどよりも少し高い声で囀《さえず》った。

＊＊＊

「まあ、ケルネールス様ったら……ほほほ……。しかし恐れ多くも皇帝陛下に黙っていろなどと楯突《たてつ》いた侍女風情は、帝国の威信のために厳しくお咎《とが》めになったほうがよろしいのではないでしょうか？」

マチルダの態度が腹に据えかねたらしいカドミーナ王女は流れそうになった話を蒸し返す。

その言葉は問題をすり替えるものだった。カドミーナ王女とマチルダの問題ではなく、皇帝とマチルダの問題にすることでマチルダを、引いてはクリスティーヌを貶《おとし》めるつもりなのだろう。

王女同士の諍《いさか》いよりも皇帝に不敬を働いたほうが処罰は重くなるに違いないのだから。

頭を下げた状態からカドミーナ王女の表情は窺えないが、さぞや楽しげであるのだろう。

マチルダは歯噛《はが》みした。このままラムニル国が小国だからと大人しくしていることはできない。クリスティーヌが帝国から正式に招待された皇妃候補で、貶められる筋合いではないと表明しなくては。マチルダは覚悟を決めて顔を上げ、拳を握った。

「恐れながら！　わたくしをお咎めになるのであれば、帝国の威信を我が物のように扱い、他国の姫に帰れと乱暴な物言いをしたお方のこともそれ相応にお咎めいただかなければ道理に合いません！」

「なっ、なんですって？　侍女風情が無礼な！」

激高するカドミーナ王女が持つ扇の羽がわなわなと震えた。しかしそんなものではマチルダは怯まない。なにしろマチルダの後ろには守るべきクリスティーヌがいる。主に情けないところは見せられないのだ。マチルダは挑むようにケルネールスを見た。

パチリと視線が合ったケルネールスは思案顔で遠くを見る。

「ふん……このようなことで傷つくような威信ではないが、騒ぎを起こして無罪放免ともいくまい。スライリ国王女カドミーナ、そなたには七日間の謹慎を命ずる。部屋から出ぬよう見張りも付ける。そしてそこの侍女、ついて参れ」

当然マチルダの返事など待たず、ケルネールスは踵《きびす》を返して歩きだす。みなが無言で頭《こうべ》を垂れ、道を空けた真ん中を臆することなく進む様は、絶対的な権力を持つ者としての自信に満ちあふれていた。

その後ろを皇帝の護衛騎士がマチルダの腕を取って歩みを促す。

まるで罪人のような扱いに最悪の事態も覚悟せざるをえなくなったマチルダは肚《はら》を決めた。自分で歩く旨を小声で騎士に伝えると、そこに震える声が被《かぶ》さる。

「恐れながら発言をお許しください、皇帝陛下。ラムニル国が王女、クリスティーヌにございます」

「……許す」

振り向かず歩を止めたケルネールスの背に、クリスティーヌが必死に言い募る。

その声は猛禽《もうきん》を前にした小鳥のようにか細かったが周りが息を潜めていたせいもあり、思いのほかよく通った。

「行きすぎがあったかもしれませんが、その者はわたくしの忠実な侍女でございます。皇帝陛下に背く意図は全くございません……なにとぞ、なにとぞ寛大なご処置を」

臣下を思いやるその心根にカドミーナ王女以外の皆が心を打たれたが、ケルネールスは「留め置こう」と一言口にしたきりさっさと行ってしまった。

「姫様、申しわけありません……！　舞踏会に支障が出ないよう誠心誠意お話してきますので」

マチルダは頭を下げ一言だけ口にすると騎士に先導されていった。それを見送るしかないクリスティーヌは胸の前で祈るように手を組んだ。

（ああ、こんなことになるなら最初から言っておけばよかった……！）

後悔ばかりがあとからあとから襲ってきて、その重さに倒れそうになるのを、護衛騎士のファースが気遣わしげにそっと支えた。


「縛り首ですな」

皇帝の執務室に連れてこられたマチルダは、騒ぎを聞き駆けつけた宰相に睨みつけられた。口ひげを蓄えたムイール帝国の宰相は手を後ろに組んで胸を張った。

「皇帝主催の宴で騒ぎを起こすなど前代未聞。まったく不届きにも程があります」

ムイール帝国の功罪に明るくないマチルダだったが、自国の法律よりもかなり厳しい沙汰に動揺が隠せなかった。しかしここで異を唱えて更に不興を買ってはどうしようもない。

ラムニル国にもクリスティーヌにも害が及ばず、自分の命で贖《あがな》えるなら儲《もう》けものだと考えねば、となんとか自分を納得させる。

「おや、お気に召さないなら獣《けもの》の餌《えさ》にでもなりますか」

宰相は尖った顎を擦るとにやりと口角を上げた。

獣、と聞いてマチルダは皮膚が粟立《あわだ》つのを感じた。

帝国には遠い異国から贈られた、美しくも恐ろしい獣がいると耳にしたことを思い出したのだ。獰猛で鋭い爪と牙を持つその獣は生の肉を食べるのだという。

その餌に、自分が……。

マチルダは獣の檻《おり》に入れられて生きたまま引き裂かれる妄想に身を震わせた。

「ほ、ほ……、向こう見ずな侍女殿もさすがに恐ろしいとお思いのようで」

「宰相、からかうな」

皇帝ケルネールスは豪奢《ごうしゃ》な椅子の背もたれに身を預けるとため息をついた。

その碧玉の瞳は探るようにマチルダを観察している。その視線に居心地の悪さを感じていたが、もちろん文句を言うわけにはいかない。

いや、マチルダには文句より前に言わねばならないことがあった。

「恐れながら、発言のご許可をいただけますか」

マチルダはほんの少し顎を上げた。しかし皇帝の尊顔を拝することはできない。本来ならマチルダの身分では目を合わせることも叶《かな》わないのだ。

「なんと面《つら》の皮の厚い……」

「宰相、少し黙っていろ。……申せ」

宰相はどうもマチルダのことが気に食わないらしく、あたりがきつい。

しかし皇帝は聞く耳を持っているようで頷いて発言を促す。それに礼を述べてからマチルダはほんの少しだけ目線を上げ、皇帝の顎の辺りを見る。

「今回の件は、ひとえにわたくしの不手際……どうか我が主を咎めないでいただきたいのです……そして叶うならば皇妃選定……いえ、舞踏会で不利にならぬようお取りはからいいただきたいのです」

マチルダはずっと考えていた。

クリスティーヌは下がるように言ってくれたのに怒りで頭に血がのぼり、対応を誤った自分が全ての原因だ。罰を受けるのも仕方ないと諦められるが、そのせいでクリスティーヌが候補から除外されるのは耐えがたい。

自分がクリスティーヌの足手まといになるなんてことは死よりも不名誉なことだ。

「度胸の良さは気に入った。そなたの出方次第で国や主を不利どころか有利にしてやることも吝《やぶさ》かではない」

思いのほか好感触な返答にマチルダはぱっと顔を明るくした。

なんと話のわかる皇帝だと思ったのも束《つか》の間《ま》、『出方次第？』と考え込む。

「……皇帝陛下にご満足いただけるような立派な縛り首になるとか、活きのいい肉塊になるとか……そういうことでございますか」

考えた末にひねり出した答えだったが、皇帝は、フ、と吐息を漏《も》らした。もしかしたら笑ったのかもしれない。

「死刑前提で話をするな。気に入ったと言っただろう？　主のためならば死罪をも受け入れるというのか……そなたのその主に対する忠誠心は一体どこからくるのだ？」

マチルダは意外に思った。皇帝が自分と会話を続けるとは思ってもいなかったのだ。

すぐに罰せられると思っていたのに、これはもしかして命が助かる可能性が？　と思考を逸らしかけたが、質問に答えねばと焦る。

「わたくしは貴族と名乗るのも烏滸《おこ》がましいほどの貧乏な子爵家に生まれました。王宮に上がったとはいえ手元不如意《てもとふにょい》で行き届かない事も多く、他の令嬢からよく思われておりませんでした。そんなわたしにクリスティーヌ様が卑屈にならず前を向くよう示してくださったのです」

マチルダは当時のことをついさっきのことのように思い出すと今の状況も忘れ、うっとりと瞼《まぶた》を閉じた。

一見大人しそうなクリスティーヌだが、悪いことは悪いとはっきりと言える強さを持っている。マチルダはただ流されるように理不尽を受け入れていた自分を恥じ、考えを改めた。

「その日からわたくしはクリスティーヌ様のためならばたとえ火の中水の中、盾になり時に剣となり、なんなら壁紙にだってなってお守りすると誓ったのです」

「なるほど？」

ケルネールスは興味なさそうに相槌《あいづち》を打った。

それには気付かず、マチルダはそれ以外にもクリスティーヌの素晴らしいところを身振り手振りで披露し続けた。皇帝がクリスティーヌに興味を持ってくれれば、皇妃への道に近付くかも知れない。

そこまでは叶わなくとも従者の愚行は主の責と思わないでくれれば御の字《おんのじ》。マチルダは懸命に言葉を紡ぐ。

皇帝は黙って聞いていたが、もういいとばかりに片手を上げて話を遮《さえぎ》るとおもむろに口を開いた。

「そなたが王女を大切に思っていることはわかった……ラムニル国侍女マチルダ、そなた王女のためならばなんでもできるというのか」

「はい！」

間髪入れずに返事をしたマチルダに、皇帝は顔を歪めた。

「少しは考えろ。どんな無理難題を言われるかわからないのだぞ」

「姫様に火の粉がかからないのであれば、わたしはなんでもする覚悟です！」

マチルダはムイール帝国に来る前に両親とも話をした。もしも帝国で不測の事態が起こった場合、この身を投げ出してもクリスティーヌ王女を守ると誓った。

自分の不手際でクリスティーヌに不利益が生じるなんて、考えるだけで恐ろしい。

その言葉を聞いて、皇帝は口角を上げ、目を眇めた。

「ならば今宵《こよい》私が伽《とぎ》を命じても受けるというのか」

「もちろんです！」

拳を握って即答したあと、マチルダは首を傾《かし》げた。

とぎ。

マチルダの脳内に疑問符が浮かんだ。

ムイール帝国は強大な武力を有しており、皇帝ケルネールスも自ら戦場に赴くほどの勇猛さを持っているという。

皇帝が剣を振るう様はまるで舞いのように美しいと集めた情報の中にあった。

愛用の剣の手入れを素人のマチルダにさせるということなのか？　今宵ということは夜に？

おかしな話だと訝《いぶか》しんでいると、宰相が慌てたようにケルネールスの前に躍り出る。

「陛下、なにを仰《おっしゃ》います？　この者は侍女で、しかも陛下に無礼を働いた言わば咎人《とがびと》でございますれば、二人きりになるのは危険です……しかも閨事《ねやごと》など！」

閨事、と聞いてマチルダはようやくそれが『研《と》ぎ』ではなく『伽』だと気付いた。あまりに自分に関係のない言葉だったためピンとこなかったのだ。

皇帝はマチルダの身体を所望しているのだ。

「……っ、閨、……ごと……」

口の中で言葉を転がしてみたが全く現実味がない。淑女教育の一環でざっくりと知ってはいるが、死ぬまでクリスティーヌに仕える予定のマチルダは結婚するつもりがなかったため、敢えて深掘りしていない苦手分野だった。

身分の高い者は美男美女を寝台に侍《はべ》らせるが、それをマチルダに求めるというのか。考えが透けたのか、皇帝はマチルダを見て頷《うなず》いた。

「そうだ。私の褥《しとね》に侍るのだ」

「陛下！　どうぞお考え直しください、この者が刺客《しかく》ではないという確証もないのです……！」

いままでのしれっとした態度は見る影もなく慌てふためく宰相を「黙れ」と一言で黙らせたケルネールスはチラリ、とマチルダを見た。

「侍女マチルダ、そなたは王女のためにその身を見知らぬ男に任せられるのか」

「……っ、もちろんです！」

「言い淀《よど》んだな。撤回するなら今のうちだぞ」

ケルネールスの形のよい唇が意地悪く歪んだ。

クリスティーヌへの忠誠心はそんなものかと言われたようで、マチルダは頭に血が上った。

「女に二言はありません！　伽、承ります！」

「……ふん？」

意味ありげな視線はマチルダにグサリと刺さったが皇帝は特に言葉を重ねることもなく、羽根ペンを手に取った。

「話は済んだ。下がってよい。宰相、後は任せた」

「陛下……！」

なおも言い募ろうとする宰相には目もくれず、ケルネールスは書類に視線を走らせるとサラサラと何やら書き込み、執務を開始してしまう。そうなってしまうと宰相はがくりと首を項垂《うなだ》れさせ大きなため息をついた。

「……侍女殿、こちらへ」

刺客かも、と警戒していたはずのマチルダを改めて『侍女殿』と呼ぶと宰相はケルネールスに頭を下げて執務室を出る。

静かに扉を閉め、再びこれ見よがしに息をつくとマチルダを睨《ね》めつけた。

「陛下のお下知《げち》とあれば致し方ありません……侍女殿、あまり時間がありませんのですぐに支度を」

その顔には明らかに不本意であると書かれてあったが、それを指摘することはマチルダにはできない。マチルダは混乱していた。

自分と皇帝はなにを話したのか？

これから一体どうするという話になった？

動揺は隠せるものではなく、マチルダはおぼつかない足取りで宰相の後ろを付いていくことしかできなかった。

それからは目まぐるしかった。マチルダはクリスティーヌに与えられた部屋よりも更に豪華な造りの部屋に案内され、軽食を食べさせられた。

きらびやかな芸術品や家具に囲まれてなぜ自分が食事を、と疑問に思ったがそれはすぐにわかった。これからの時間、マチルダに休憩はないということなのだ。

食べ終わると待ち構えたように食器を下げられ湯殿に連れて行かれる。そこでまるで王族のように何人もの女性から洗われ磨かれ整えられ……ありとあらゆるところを綺麗にされた。

最初こそ恥ずかしがっていたマチルダだったが、あまりにも工程の多い作業にいつしか無抵抗になっていった。ピカピカのツルツルになって湯殿から出ると、今度は大きな姿見の前で薄いヒラヒラした夜着を身体に当てられ、まるで着せ替え人形のようにあれでもないこれでもないとその場に立たされ続けた。

「あの……」

不安になりマチルダが女官長と思われる年嵩《としかさ》の女性に話しかけると、さっと手で発言を遮られてしまう。

「申し訳ございません、私どもはあなた様との会話を禁じられております」

余計な情報を与えないためだろう。城内の教育が徹底している。

マチルダは頷くとそれ以上なにも言えず、唇を引き結んだ。

やっと夜着が決まり、着付けられると、驚くほど柔らかく肌触りのいいガウンを着せられる。

丁寧に髪を梳《くしけず》られ化粧を施されると、姿見の前には見たことのない女性が不安げな視線を向けて立っていた。

「は？　これ……」

誰ですか、これ、と聞こうとしたが仕事を終えた女性たちは頭を下げて音もさやかに部屋を出て行った。最後に部屋を出た女官長が「後ほど案内が参ります」と小さく言い、扉を閉めた。

一人取り残されたマチルダは再びまじまじと姿見を見た。

いままでの身だしなみとしての自分の化粧がいかに素人技だったのかを痛感したのだ。

「……なんか、きれい、な感じ……？」

赤みの少ない髪は緩く巻いてサイドに束ねられている。琥珀の瞳は同じく目の際《きわ》に入れられた茶色の縁取りの効果か、空に瞬く星のように輝いて見えた。頬《ほお》はまるでクリスティーヌに褒められた時のように桃色に上気し、唇は朝露を纏った果実の如く瑞々《みずみず》しかった。

目の大きさから骨格まで変わったような、不思議な気持ちになったが、それもすぐ慣れて再び不安な気持ちが心に広がった。

普通に考えて、自分は今宵皇帝に抱かれるのだろう。

一体どんな運命の悪戯《いたずら》でそのようなことになったのか不思議でならないが、それを直接聞くことはできない。マチルダに拒否権がないどころか、マチルダ自身が承知したからである。

あの美しくも鋭い瞳で見つめられ、あの大きな手のひらに触れられ……考えただけで身体が竦《すく》む。マチルダは落ち着かない気持ちのまま窓に視線を転じた。

日はいつのまにかすっかり傾いており、間もなく夕刻と言われる時間も終わるだろう。

夜の帳《とばり》がおりれば、自分は。

マチルダはゴクリ、と生唾《なまつば》を呑み込んだ。


完全に暗くなる前に部屋にあかりを灯《とも》しに来てくれた女官も、やはりマチルダになにも説明はしてくれなかった。マチルダはどんどん不安になっていき、遠慮がちに一人がけ用ソファに腰掛けていると世界がソファの大きさにまで縮んでしまったような錯覚に陥った。

マチルダは身を守るように膝を抱えて丸くなった。

このまま召されたことを忘れてくれないかな……そんなことを考えていると、扉がノックされた。

「どうぞ、おいでください」

必要最低限のことしか口にしない女官に先導され、見るからに皇帝の寝室だとわかる、さきほどよりも更に豪奢な造りの扉の前にやってきた。その扉は武装した二人の騎士に守られており、マチルダを見ると無言で扉を開けた。

一人で中に入るよう促されたマチルダは入ってすぐに目に入る、天蓋《てんがい》付きの大きな寝台にぎくりと身を強《こわ》ばらせる。

（今夜、ここで……）

麗《うるわ》しくも逞《たくま》しい皇帝に抱かれるのだと思っても、得体の知れない恐怖だけが襲ってきてまるでときめかない。マチルダは寝台に腰掛けることもできず、立ち竦んだ。

「なにを突っ立っている」

どれくらいそこに立っていたのか、気がつくとケルネールスが扉から入ってきたところだった。湯を使ったのか、美しい銀の髪が濡《ぬ》れて滴がしたたっていた。額に掛かった髪を後ろに撫《な》でつける仕草が艶《なま》めかしい。

マチルダは慌てて腰を折った。

「よい、畏《かしこ》まるな」

ケルネールスは立ち尽くすマチルダの横を通り抜け、ドサリと寝台に腰を下ろす。ガウンの胸元が開き、鍛えられた胸筋が露《あら》わになる。

そこからは人生で未だ感じたことのない、男の色気というものが立ち上るようで、マチルダは目を逸らす。

「そういうわけには参りません……これ以上失態を重ねるわけには」

「失態、か。マチルダ、こちらへ来い」

ケルネールスの声に、マチルダは重い足取りを隠してなんとか寝台の前にやってくる。

ドクドクと尋常ではない速さで血が巡るのを感じる。

背中に棒でも差し込まれたように突っ立っているとケルネールスに手を取られた。

「あっ」

「主の事よりも、私のことで頭が一杯になるようにしてやろう」

そう言ってケルネールスはマチルダの手を強く引いた。身体がぶつかりそうになったが、ケルネールスは器用に身体を反転させてマチルダを寝台に押し倒した。

強引で乱暴なのに背中に手を添えて衝撃を殺すあたり扱いが慣れていると感じ、マチルダはなぜか胸が軋《きし》んだ。

「どうだ、やはりやめるか」

ケルネールスがマチルダを見下ろし、さきほどと同じように唇を歪ませている。まるでできないと言わせたがっているようで、マチルダは唇を尖らせた。

「いいえ、やめません！　クリスティーヌ様のためならば……！」

「強情だな」

ケルネールスは舌打ちをするとガウンの上からマチルダの胸を大きな手のひらで優しく包んだ。

「あ……っ」

長い指を広げ、マチルダに見せつけるように柔らかい乳房に食い込ませる。

「なんと柔らかい。痛くはないか……ああ、大丈夫そうだな」

なにが大丈夫だと言うのか、と反論したかったがガウンの紐《ひも》を解かれてわかった。露わになった夜着の薄布をツンと尖った乳嘴がいやらしく押し上げているのが見えたのだ。

（嘘《うそ》……っ）

気付かぬ間に淫らに形を変えていた己に驚き、慌てて胸を隠そうとしたがケルネールスのほうが早かった。両手を戒《いまし》められ頭の上で束ねられてしまう。そうすると背が反《かえ》って胸を突き出すような格好になってしまい、ますます乳嘴が目立ってしまう。

「いくら王女のためとはいえ、急に伽を務めるのはやはり耐えられぬだろう。素直に言えばやめてもいい」

よほどマチルダにできないと言わせたいのか、ケルネールスはマチルダの顔色を窺いながら胸を弄《いじ》る。

「……っ、そんなことないです……っ、大丈夫……」

完全に強がりであるが、マチルダも後には引けない。クリスティーヌが皇妃になる可能性を潰すわけにはいかないのだ。

「こんな風にされて気持ちいいとでも言うつもりか？」

「は、……はい……っ、気持ちいいです……っ」

胸どころか顔を隠すこともできず、マチルダは羞恥に頬を染めた。胸を揉まれて気持ちいいと言う、自分がとても恥ずかしかった。

「ふん。ならばこれはどうだ」

ケルネールスは胸をむにむにと揉みながら馬乗りになってマチルダの表情をじっと観察し、手で胸の尖りをピン、と弾《はじ》く。

「あぁっ！」

鋭い刺激に身体が戦慄《わなな》いた。

じん、と痺《しび》れるような感覚は痛みとは異なる熱を産んだ。まるで身体の奥に灯がともったように身体が熱くなるのを感じて、マチルダは喉を鳴らした。

それをどう捉えたのか、ケルネールスは口角を上げた。

「ほら、耐えられぬだろう？　早くできないと言え。それともこれも気持ちいいとでも言うのか？」

「……っ、はい、きもち、い、……っ」

語尾が溶けた。

語尾と一緒に思考の大事な部分が溶けた気がしたが、マチルダは気付くことができなかった。大きな手で揉《も》み込まれると頭の芯が痺れるほどに気持ちがいいのだ。

「……ならばここは？　こうされるのは好きか？」

ケルネールスは赤く熟れたマチルダの胸の先端をつまむとくりくりと捏《こ》ね回した。その刺激に、マチルダは唇を引き結んで首を縦に振った。

今口を開けたらとんでもない声が出そうだったからだ。

しかしそれを許すケルネールスではなかった。反対の乳嘴もつまむと同じように捏ねる。

「気持ちいいか？」

「は、……あぁっ、きもち……いっ、それすき……っ」

マチルダはケルネールスの手と口調が優しく気遣うような動きに変わったのに気付いた。さきほどまで意地悪く歪められていた唇はどこか嬉《うれ》しそうに弧を描いていた。

乳房に与えられる刺激はいつしかマチルダの快感を誘う『愛撫《あいぶ》』といえるような物に変わった。つられるようにマチルダの身体は次第に強ばりが解け、より深いところにまで快感が染み渡っていくようだった。

そうしていると、ケルネールスは立派な皇帝というよりも普通の青年のように見えて、マチルダの頬は自然に綻んだ。望まれて肌を合わせているような気分になった。

「まるで熟した果実のようだ……」

ケルネールスは唇をひと舐《な》めすると熱い息を吐いた。それに反応して顔を上げたマチルダは、皇帝の秀でた額に浮く汗を認めた。まるでケルネールスの髪から滴る銀の雫《しずく》のようだと思った。

ケルネールスは戦で自ら武功を上げるほどの武人であるにも拘《かか》わらず、粗野な部分がなく美しい顔立ちをしていた。それは日頃マチルダが接している柔らかで女性的なものとは違ったが、素直に受け入れられた。

キリリとした睫毛《まつげ》、スッと通った鼻筋、涼やかで理知的な瞳、そして形のよい薄い唇。

紅を塗ったわけでもないだろうに、艶があり柔らかそうだと考えていたその唇が、薄く開いた。奥からちろりと覗《のぞ》いた舌が、つままれて敏感になった乳嘴に這《は》わされた。

「ふぁ……っ！　あぁんっ」

マチルダが発した声は蜂蜜を溶かしたように甘く寝室に響いた。瞬時に燃えるように頬が熱くなったがケルネールスは乳嘴から顔を上げるどころかそのまま唇で挟むようにして吸い付いた。

「や、あぁっ、陛下……」

「いやなのか？　やめるか？」

舌で乳嘴をころころと転がしていたケルネールスが顔を上げると、目が合った。微《かす》かに開いた唇の隙間から、今の今まで自分の胸の先を弄んでいた熱い舌が見えて、たとえようもなく恥ずかしい。

「いいえ、やめません……！　続けてくださいっ」

何度聞かれてもやめるという選択肢はマチルダには存在しない。しかし最初と違って心持ちに変化が現れた。あろうことかクリスティーヌの影が徐々に薄くなり、代わりにケルネールスと、彼から受ける快感がマチルダを満たしつつあった。

早く触れてほしい、もっと奥まで、深くまで。

マチルダの気持ちを読んだわけではないだろうが、ケルネールスは口の中で何事か呟《つぶや》くと再びマチルダの胸を大きな手のひらで揉みしだく。既に両手の戒めは外されていたが、それに気付かないほどにマチルダは与えられる快感だけを追っていた。

あ、あぁ、と切れ切れに声が漏れる。

息は徐々に上がり、熱を帯びていく。胸を弄られているのになぜか下腹部が痺れて、マチルダは腿《もも》に力を込める。痺れの原因が近いような遠いような、不思議な感覚を確かめようと太腿《ふともも》を強く擦り合わせると、ジリ、と熱くなる一点に触れられた。

「!?」

ビク、と身体が跳ねたことに自分が一番驚いた。今の感覚は……と再び腿に力を入れると敏感になった乳嘴に強い刺激が与えられた。

「ひ……!?」

「……そちらのほうが好きなのか、待てないとは……悪い子だ」

ケルネールスは胸を弄っていた指で、自分が組み敷いたマチルダの身体の中心線をなぞる。するすると臍《へそ》を過ぎた指は下腹部に至り、淡い茂みの奥に到達した。

「あ！　やぁ……！」

ケルネールスの長い指がぬめりを帯びたあわいに触れた。

くちゅくちゅと柔い襞《ひだ》をなぞり、つぷりと微《かす》かな音を立てて隘路《あいろ》に入る。確かめるように入り口を数度擦るように慣らしてから、ゆっくりとさらに奥に潜《もぐ》り込ませる。

マチルダの蜜洞は狭く、指一本でもきつい。

ケルネールスはおもむろに顔を上げて蜜洞の主を熱く見つめる。

マチルダは顔を真っ赤に染めて固く目を閉じていた。全身を小刻みに震わせ、睫毛が涙をまとっていた。

は、は、と短く息をしながら熱を逃がすように開けた口から赤い舌がちろりと覗く。

「……、まったく難儀な。つらくはないか？　随分と狭いが……」

ケルネールスは隘路に差し入れた指を慣らすように小刻みに蠢《うごめ》かせる。

突如侵入してきた異物を必死に受け入れようと、何度も頷いて耐えていたマチルダだったが、ある一点を指が掠《かす》めたとき、意思とは関係ないところで声が出た。

「ひ、あっ！」

身体の芯を揺さぶられるようなその衝撃に、マチルダは胎内に侵入した指をきゅ、と締め付ける。身体の奥からじわりと蜜が染み出た。

「ふ、……ここか」

ぽそりと呟くと、指の腹をそこに執拗《しつよう》なほど擦りつける。心なしか、一瞬その声が楽しそうに弾《はず》んだようだった。

「や、……いやっ！　待ってくださ、そこ、だめ、あ！　ン、あぁっ！」

しかしマチルダにしてみたらたまったものではない。掠《かす》めただけでも身体が跳ねるほどの衝撃なのに、それを何度も擦り上げられ、息もできない。

涙混じりの哀願はケルネールスには届かないのか、いや、聞き届けるつもりがないのか緩急をつけて執拗に責める。次第にじゅぷじゅぷと淫らな水音がし始め、それに応じてマチルダの声に変化が現れた。苦しそうな声が蕩け始めたのだ。

ケルネールスの指の動きに合わせて腰を揺らめかせるようになる頃には、指が増やされ隘路は随分とほぐれ、ケルネールスの指を伝ってトロトロと蜜を零《こぼ》しシーツを濡らした。

「いいようだな。あぁ、堪《たま》らない……。マチルダ、どうする？　やめるなら」

「ふ、あぁ……や、やめないでぇ……っ。わた、し……どうなって……、んぁ！」

急に指を抜かれ甘く身を苛《さいな》んできた違和感がふ、と消えた。マチルダを安堵とともに喪失感が襲う。快楽から放り出されて自分の心も身体もどうしたらいいのかわからず、マチルダは、涙を零した。

頬に温かく柔らかいものが触れたが、それがなにかはわからなかった。

「楽にしていろ」

「は、……ら、らくに……っ！　あ、あぁ……っ！」

ケルネールスがマチルダの蜜洞に熱く固い切っ先を潜り込ませた。それは指の比ではなく、メリメリと身を裂く質量と焼きごてのような熱さを持っていた。

「……っ！　は、あ！……あぁっ！」

「息をしろ……まだ全て収まらぬ」

雄芯を食い千切らんばかりに締め付けるのをなんとか和らげようと、ケルネールスは声を掛ける。

「おっきい……！　いた、……！」

ぼろぼろと大粒の涙を流してシーツの上を逃げようとするマチルダの耳に「……ちっ。やはりまだ早いか」

と舌打ちが聞こえ、大きな質量をもった雄芯が抜けそうなほどに引かれた。

それはマチルダの心を瞬時に凍らせた。

いや、抜かないで……！

マチルダは本能的にケルネールスの雄芯を締め付けた。

ケルネールスは息を詰めながら、目を眇めてマチルダを見た。睫毛に涙を纏わせたマチルダは荒い息をつきながらも必死にケルネールスをつなぎ止めようと痛みに耐え震えていた。

「……っ、マチルダ……っ」

荒い呼吸の下で気持ちを立て直そうとしていたマチルダだったが、すぐに下腹部に新たな刺激を感じて喉《そ》を反らせた。

雄芯を受け入れているところの上、さきほどジン、と熱くなった部分にケルネールスが手を伸ばしたのだ。

そこは明らかな快楽を得て存在を急に主張し始めた。

「ひゃ、あぁっ！　や、ん……！」

それはあまりにも鮮烈な刺激だった。

痛みを伴う蜜洞への刺激とは真逆の、目が眩みそうなほどの快楽に、マチルダはあっさりと呑み込まれた。

「ここも好きか……お前の身体は感じやすいな。いっそ心配なほどだ……どれ」

ケルネールスはぷくりと赤く立ち上がった秘玉を親指の腹でくりくりと撫で、そのままぐに、と柔らかく押し潰した。

「あっ、あぁ――――！」

目の前に白い火花が散ったマチルダはどこかでぷちん、と張り詰めたものが切れる音を聞いた。次いで極《き》まってすぐの敏感な膣壁を緩く擦り上げる、熱く固い存在を頭の片隅で感じていた。ごつ、となにかに突き当たり止まったそれは隙間なくマチルダを満たし、どくどくと熱く脈打っていた。

「あ……っ、は、……あ、……っんんっ」

「収まったぞ、よく耐えたな」

頬にさらりとした手の感触がし、気遣うような言葉をかけられたが、マチルダはそれどころではない。

蜜洞の中が自分の意思と関係なく蠢いて、胎《はら》の裡《うち》にある、あり得ない質量のケルネールスの雄芯の形を写し取ろうとしている。

感情の手綱《たづな》がとれなくなるほどの快楽をもたらす秘玉は空気に触れるだけでもビクビクと破裂しそうなほど苦しいのに、ケルネールスの指は未だにそれに指を添えている。

「……なるほど」

なにかに感銘を受けたようなケルネールスの呟きに反応することもできない。マチルダは淫らな声を極力上げないように唇を噛んだ。

「動くぞ」

みちりと蜜洞を満たしていた雄芯が内臓ごと引きずり出すように引き、また突き入れられる。

きつい締め付けによるぎこちない動きも、滴るような蜜の助けで徐々に速度を増し激しくなった。マチルダは揺さぶられる身体がどこかへ行ってしまいそうな気がして目の前の逞しい身体に縋《すが》った。

「あっ、うう……っ、や、……っ、こんなっ、なんで、わたし……っ」

手が回らないほどの厚みのある身体は熱く、しっとりと汗ばんでいる。力の限りに抱き締めると向こうも身を寄せてくれたのか、密着する。

その熱さが不安をほんの少し和らげてくれたのを感じて、マチルダは更に腕に力を込めた。

頬を涙が幾筋も流れ落ち、なぜ泣いているのかもわからず、マチルダは身体を震わせる。

嗚咽《おえつ》の微かな振動も摘まれた快楽の芽に直結した。震えると得られる快楽に腰が戦慄《わなな》く。

（ああ、なんてままならない身体なの……）

堪えきれない自分の喘《あえ》ぎ声とケルネールスの息遣いをどこか遠くで聞きながら、一際奥を突かれた衝撃に悲鳴に似た声とともに雄芯をぎゅう、と締め付けた。

ケルネールスが短く呻《うめ》いた瞬間、マチルダは胎内に注ぎ込まれる熱い迸《ほとばし》りを感じた。

＊＊＊

ケルネールスは茫然《ぼうぜん》自失《じしつ》の態で隣に横たわるマチルダを見下ろしていた。

本当に抱く気はなかった。

いや、抱きたいと思ったのは確かだ。だから伽を命じた。

王女に全てを捧げている様子のマチルダの意識を自分に向けさせたかった。多少の恩義はあれど、いざ自分の身に危険が降りかかるとなれば誰しも手のひらを返すものだ。

もし途中で拒絶されたら忠誠はその程度だと断じ、主から遠ざけてから蜜《みつ》に漬けるように甘やかして自分だけを見るようにしてやろうと考えていた。故に抱くのは今夜でなくても良かった。

なにより女性にとって好きでもない異性に身体を許すなど最大の侮辱であろう。

すぐに泣きを入れると思っていた。それだけは勘弁してくれ、と主人に対する忠誠を翻《ひるがえ》すと思っていたのに、マチルダはそうしなかった。

途中で何度も引き返すきっかけを口にしたケルネールスだったが、気付けばマチルダの身体を暴くのに夢中になり、あまつさえ愛《いと》しさのようなものを感じ、本来の目的を見失っていたのは事実だ。

「しかも純潔だった……」

ケルネールスは気絶したまま眠りに落ちたマチルダを見た。頬に残る幾筋もの涙の跡を見つけ、指で拭《ぬぐ》ってやると微かに呻いて寝返りを打った。

二人の汗やその他の体液を吸ったシーツの上には、間違えようもない、破瓜《はか》の証《あかし》が残っていた。

女性にとって初めては特別な意味があると聞く。亡き母にも負担が多い女性には優しくしなければならないと言われていた。

確かに男側の負担といえば激しく腰を振りたくらないようにするための我慢くらいしか思いつかない。しかし受け入れる側はそうはいかない。

文字通り身を裂かれる痛みから始まり穿《うが》たれ揺さぶられ、そして男が満足して子種を胎内に注がれるまで終わらない。もしそのまま子が出来ればそれを己が身の裡《うち》で十月十日、一日も休まず育《はぐく》まなければならないのだ。

疲れたから、重いからといって他人に預けて休めるわけでもないものだ。

もし自分が女性なら、耐えられるだろうか。

昨夜の自分の行為を思い返し、ケルネールスは吐き気を覚えて口を覆《おお》った。

（ありえない……それも昨日初めてあった男の子種など……獣にも劣る、おぞましいの一言だ）

罪悪感に苛まれ、ケルネールスは気遣うようにマチルダの肩に毛布を掛けた。

薄くて華奢《きゃしゃ》な肩だった。

そういえば戒めた手首も夢中で掴んだ腰も開かせた脚も全てが壊れそうに細かった。

あの身体のどこに、帝国の皇帝に恐れずもの申す強さがあるのかと不思議に思う。

ケルネールスが知る女性とは、女騎士か女官か、そうでなければ扇で本音を隠し、意味ありげな流し目で男を誘うものだった。

全てがそうだとは思っていないが、自分の高すぎる身分のために、そういう特定の女性しか寄ってこなかったのは事実だ。

故にマチルダのように忠義を尽くし身体を張って主人を守ろうとする女性は、ケルネールスの目に新鮮に映った。

生き生きと輝く琥珀の瞳を自分に向けさせたいという欲求が生まれた。怒りに燃える瞳も、快感に蕩ける瞳も全てを自分の物にしたいと思った。

（マチルダをそばに置きたい）

マチルダがいる毎日はどんな風に変わるだろう。見飽きた風景が見たことのない景色に変わるのではないか。ケルネールスは心が浮き立つのを自覚した。

「事実、事は成ったのだ。マチルダも少しは私に情を持つだろう。よし、そうと決まれば」

ケルネールスは寝台から下りるとガウンを羽織る。

急ぎ宰相に話を通さねばならない。

相手が王女ではなく侍女であることは想定外だが、皇妃を娶《めと》る気になったと言えば、宰相とて無碍《むげ》にはすまい。

宰相に早く会いたいと思うのは、初めてのことだった。

＊＊＊

マチルダが目を覚ますと、天蓋から垂れ下がる紗《うすぬの》が朝日を受けてキラキラと輝いていた。

ああ、朝なのだと寝返りを打ったマチルダは身体を受け止めるシーツが上等なことに今更気付く。さすがに皇帝が休む寝台だ。

「……いけない、皇帝陛下！」

罰として伽を申しつけられたにもかかわらず途中で意識を飛ばしてしまうとは、と青い顔をして飛び起きたが、寝台に寝ていたのはマチルダ一人だった。

既に皇帝の気配はなく、昨夜の触れあいが嘘のようにシーツは冷え切っていた。

「そうよね、まさかまだ隣にいるなんてあり得ない……いえ、ここで休んだかも定かではないわ」

情を交わした……いや、身体を交えただけのよく知りもしない、無礼なだけの身分の低い女と一緒に眠るほど皇帝は愚かではないということだ。

危機管理能力が高いと言える。

そういえば宰相が刺客かもしれないのに、と口にしていたことを思い出す。

（為政者として当然のことよね……寝ているときは誰しも無防備なのだから）

マチルダは室内を見渡した。

昨夜は緊張のあまり室内を確認する余裕もなかったが、事が済んで冷静になってみると豪奢だった扉とは違い、思いのほか落ち着いた調度に驚く。

（皇帝というからにはもっとギラギラしたものを飾っていると思ったけれど……）

確かにギラギラしていてはゆっくり休めないだろうと思い直し、その合理性にさすが帝国、と唸《うな》る。マチルダはベッドから降り、椅子の背にかけられたガウンを羽織った。

ケルネールスを受け入れた部分が痛んだが、歩けないほどではない。

これならば大丈夫、と数歩歩いたとき、身体の奥からとろりとしたものが溢《あふ》れ出るのを感じた。

血だ、と瞬間的に思ったマチルダはしゃがみ込んで顔を青くした。

あんな大きなものがマチルダのこんな狭いところに入ったのだ。無理をして動いて痛みも感じたのだから裂けて流血していてもおかしくない。

「どうしよう……こんなところ、お医者様にはとても見せられない……いえ、診察してもらえるとは思えない」

秘められた場所のため、自分でもまじまじと見たことはないが、怪我《けが》をしているならば確認せねば。マチルダは覚悟を決めて震える手をそっと脚の間に這わせた。

ぬるりとしたそれを指で掬《すく》い怖々《こわごわ》見る。

それは想像に反してほんの少しの血液と大量の白い液体だった。

「……？　血じゃ、な、……あっ！」

それが胎内に放たれたケルネールスの白濁だと気付いて、マチルダは全身がカッと熱くなった。

なにもわからないうちに始まってなにもわからないうちに終わってしまった。しかし身体の痛みと胎内に残されたこの白濁が昨夜のことが夢ではないことを物語っている。

昨夜、はしたない声を上げてケルネールスを身の裡に迎え入れた。

そして、この身に子種を注がれた。

マチルダはそっと腹を押さえた。

昨夜のことを考えると顔を赤くしていいのか青くしていいのかわからずに無になってしまう。

身体のいろんなところに触れられた。その手は最初こそ強引だったが、徐々に優しくなっていったように感じられた。

（そう思いたいだけかも知れないけれど）

皇帝は何度もやめるか、と聞いてくれていたのに、最後には自分から催促するような態度を取ってしまった。この腕を回した広い背中の逞しさを覚えている。

マチルダは未知の感情が渦巻いている身体をぎゅ、と抱き締めた。

タオルを拝借して身体を軽く清めていると、扉が開いてカートを押した女官が入ってきた。

目が合って気まずくなり俯《うつむ》くと、思いのほか明るい声で話しかけられた。

「目覚められたのですね。お湯を持って参りました」

昨日の女性とは打って変わり、気さくに話しかけてくる女官は、慣れた手つきで準備をし、マチルダの身支度を手伝ってくれた。身体の節々が痛いマチルダは恐縮しながらもありがたく世話になった。

話しやすく、しかし入り込みすぎない絶妙の距離感を保つ女官に感銘を受けながら、マチルダが口を開く。

「あの……お薬を頂くことはできますか？」

血がそれほど出ていないとはいえ、傷になっているところをこのまま放置しておくのは恐ろしかった。気休めでもなにか軟膏《なんこう》のようなものをもらえれば、と思ったのだが、女官は形のよい眉を顰《ひそ》めた。

「……堕胎《だたい》薬などはお渡しできません」

「だ⁉　そ、そのような……え、……あっ！」

考えもしなかったことを言われ、力強く否定しかけたマチルダだったが、その可能性――妊娠もないことではないと思い至り息を呑んだ。

売り言葉に買い言葉とはいえ皇帝と一夜を共にし、望むと望まざるに関わらず彼の子種を胎内に注がれたのだ。

まだ独身の皇帝は、万が一にも子が成れば、それを無視することはできないのだろう。

マチルダは再び下腹を押さえた。

「いえ、そうではなく傷薬を……なにか、軟膏のようなものを頂けないかと」

思わず声を潜めたマチルダに、女官は納得がいったのか、ああ、と手を叩いた。すぐにお持ちします、と笑顔で寝室を出て行く。

それを見送ったマチルダは、どっと疲れが押し寄せて大きなため息をついた。

罰として寝所に侍ったが、もし自分が皇帝の子を身ごもったのならばどうなるのか。もし、これがクリスティーヌの輿入れによく働くのであれば僥倖《ぎょうこう》と言えるかもしれない。

しかし逆効果になってしまったら……マチルダは思ったよりも自分が面倒な立場に立ってしまっていることが恐ろしくて身を震わせた。

ヴィルマと名乗った女官はすぐに軟膏を手に戻ってきた。

傷によく効くし、なんなら行為の前に塗っておくとほぐれ具合がいいのだと教えてくれる。マチルダは顔を赤くしながらそれを受け取った。

身支度を整えると軽い食事が用意され、ゆっくり時間を掛けてそれを食べると逆に身体がだるくなってしまい、マチルダはソファにぐったりと身を凭《もた》れさせた。

これからのことを考えると気分が塞ぐ。

ため息をつくマチルダに、ヴィルマは親切に本を読むことを提案したり、リラックス効果のあるお茶を勧めたりと気が紛れるよう尽くしてくれたが、どれもマチルダの心を浮き立たせることはできなかった。

そうこうしているうちに昼食の時間になった。

動いてもいないマチルダは食欲がなく、水だけを欲しがったが、ヴィルマは眉間にしわを寄せた。

もし歩けるならば庭を散歩しないかと誘ってくれる。皇帝専用の庭にならば出てもいいと許可が出ているそうだ。

「外の空気を吸えば、気分も紛れます。それに陛下のお庭はとても素晴らしいですよ」

特に庭に出たいという欲求はなかったが、このまま動かずに夜になってしまうような気がしたマチルダは、ようやく重い腰をあげることにした。

「わたくしは陛下に報告がありますので一旦外しますが、護衛騎士が同行いたしますのでご安心ください」

ヴィルマが腰を折って去ろうとするのを、マチルダは引き留めた。

「ヴィルマさん、わたしも皇帝陛下にお目通りすることはできますか？」

クリスティーヌのことに自分の身の処し方、そして万が一のときのこと……話すべきことはたくさんあった。

ここでこうしてぐだぐだしていても仕方がない。直接皇帝に確認してみなければ。マチルダはようやくいつものように顔を上げ、前を見た。

ヴィルマは破顔して、皇帝に話を通すと約束してくれた。

「どうぞ煩《わずら》わしさを忘れて、美しい庭をお楽しみください」


確かに帝国の庭は美しかった。美しい花が咲き乱れていて、マチルダは気がつくと顔が綻んでいるのに気付き、慌てて唇を引き結んだ。

（ヴィルマさんの気遣いはありがたいけれど、はやくクリスティーヌ様のご無事を確認して謝罪と、それから……）

美しい花を見ても、頭に浮かぶのはクリスティーヌのことばかり。上の空のまま庭園の端まで来たマチルダダは、何気なく視線を彷徨《さまよ》わせて、ある一点でカッと目を見開いた。

生け垣で区切られた皇帝の庭の向こうに人影が見えたのだ。

美しく長い金髪を惜しげもなく風に遊ばせた彼女こそ、マチルダが会いたいと切望した人物だった。

「ク……クリスティーヌ様――！」

俯いて歩いていたその人は、マチルダの声が聞こえたのか、ハッと顔を上げて小走りに駆けてきた。

後ろからファースと思《おぼ》しき騎士が慌てて追いかけてくる。

間違いなくクリスティーヌだ。

その様子がいつもの日常とあまりに変わりなくて、マチルダの瞳が涙で潤んだ。

マチルダは自分もクリスティーヌに駆け寄ろうと生け垣の切れ目を探してキョロキョロと辺りを見回したが、後ろから肩を掴まれた。

「……っ？」

「なりません。あなたはこの生け垣から先に行くことはできない」

ライオスと名乗った護衛騎士が感情のこもらない視線をマチルダに向けている。

しかしクリスティーヌ様が、姫様がいるのに、と零すとライオスは更に言葉を重ねた。

「あなたは皇帝の所有物です。皇帝の庭からの脱走は重罪、これ以上の罪を重ねるというのですか」

所有物。

マチルダは一瞬なにを言われたのかわからず硬直した。

人ではなく物だというのか。

公《おおやけ》に皇帝を軽んじるような言動をした罪人は人格を否定され、ただの物になるというのか。

皇帝は、昨夜自分が身を任せたのは、そんな人物なのか。

目の前がぐらぐらと揺れ、意識が遠のきかけたが、一番聞きたかった声がマチルダの意識をつなぎ止めた。

「マチルダ！　あぁ、大丈夫なの⁉」

「クリスティーヌ様……申しわけありません、ご不便はございませんか？」

二人は生け垣越しに手を取り合って再会を喜ぶ。

しかしどちらの表情にも喜色ではなく戸惑いが強く浮かんでいた。

「不便なんて……私は息災《そくさい》よ。それよりもマチルダ……あなたこそ大丈夫なの？　あんな風に連れていかれて、酷いことはされていない？」

クリスティーヌの藍色の瞳に涙が満たされたと思うとほろほろと零れ落ちる。マチルダはつられて泣きそうになるが、顔面に力を入れて堪え、努めて明るい声を出す。

「わたしなら大丈夫です！　たいしたことはありません。それよりも舞踏会に……ひいては皇妃選びに水を差してしまわないかと……わたしがこの微妙な立ち位置にいることでクリスティーヌ様に不利になるのならわたしは、自分が許せない……！」

誰より皇妃に相応《ふさわ》しい素養を備えているクリスティーヌが、たかが侍女の不始末で候補から外れてしまう事態はラムニル国的にもムイール帝国的にもあってはならない。

もしそうなら今度は命を賭して皇帝に直談判《じかだんぱん》せねば、と拳を握るマチルダの手を、クリスティーヌはそっと握った。

「おかしなことは考えないでちょうだい。マチルダ……私はあなたを犠牲にするつもりはないし、私だって犠牲になるつもりはないわ。みんなで、無事にラムニル国へ帰りましょう」

「……っ、クリスティーヌさま……！」

たおやかなクリスティーヌが見せた力強い励ましに、マチルダは心が温かくなる心地がした。

そうだ、まずこの状況を切り抜けねばならないのに自分が沈んでいては話にならない。マチルダは顔を上げた。

「我が主、クリスティーヌ様……生涯変わらぬ忠誠をあなたに。ファース様、くれぐれもクリスティーヌさまをお願いいたします。なにかあったら許さないから……！」

「……命に代えましても」

頷きあった三人を横目で見ていた護衛騎士ライオスは小さく息をつくとマチルダに声を掛ける。

「そろそろお戻りください」

「はい……、クリスティーヌ様、また……」

主の傍に侍ることができないことがこんなにも苦しいなんて、とマチルダは胸が痛んだ。

しかし今はクリスティーヌに会えたことを喜ぼう、と温かい気持ちを胸に庭を後にする。

てっきりどこか小さな隔離部屋にでも案内されるのかと思ったマチルダだったが、再び皇帝の寝室に通されて驚いた。

「あの、……ここは皇帝陛下の寝室です」

「左様です」

ライオスはさっさと中に入れといわんばかりの態度だが、マチルダは納得ができない。

まさか他に空き部屋がないわけではあるまい。自分のような者が皇帝の寝室を自室のように使うのは道理に合わない。

マチルダは食い下がる。

「どこか、小さな空き部屋にでも監禁していただければそこで大人しくしておりますから」

「……取りあえず中でお待ちください」

ライオスは『なんだこの女は。面倒くせえな』とでも言いたそうな顔でマチルダを寝室へ押し込め、扉を閉めると盛大なため息をついた。


「監禁してほしいそうだな」

落ち着かないまま寝室をうろうろとしていたマチルダに低い声が掛けられた。

聞き覚えのある声に慌てて振り向くと、皇帝ケルネールスが不機嫌そうに目を眇めて立っていた。マチルダは慌てて礼を取るが、大股に近付いてきたケルネールスに手を引かれてよろめいた。

「きゃ！」

しかし体勢を大きく崩す前に、ケルネールスによって膝をすくい上げるようにして横抱きにされ、そのまま寝台まで運ばれる。

「私は監禁などしない。それより、まだ身体がつらいだろう？　庭の散策はまだ早かったのではないか？

「……今日はもう身体を休めていたほうがいいだろう」

てっきり咎められると思っていたマチルダは、拍子抜けして間抜けな顔でケルネールスを見上げた。

当のケルネールスは少し拗《す》ねたような、照れたような顔で毛布をマチルダの肩まで掛けると、寝台に腰掛け寝かしつけるように毛布の上から身体を撫でる。

「あの、陛下……」

マチルダはどうして寝かしつけられるのかわからず口を開いた。

確かに昨夜の行為は、身体に大きな負担だったが、そこまで労《いたわ》らなければならないほどのものでもなかった。現に日中は問題なく庭を散歩した。

「なんだ」

マチルダの身体を優しく撫でながら、ケルネールスは話を聞く素振りを見せた。これから自分はどうなるのか、と尋ねると静かな口調で返す。

「そんなことはあとでもいい。今は身体を休めるのだ」

「……は、はあ……でも」

そんなことと言われても、自らの進退に関わることだ。

それにできることなら少し踏み込んで、皇妃選定についてのことを聞いておきたかった。

少しでもクリスティーヌのためになるような情報を手に入れたい。

マチルダはケルネールスを刺激しないように言葉を選ぶ。

「あの、もしも……もしも陛下の御子《おこ》が……もしも……」

昨夜の事が思い出されて、マチルダは目を伏せる。

荒い息遣い、縋った厚い胸板、胎内に感じた熱い飛沫《しぶき》。

急激に顔に熱が集まるのを感じ、マチルダは毛布を頭まで引き上げる。

「子が生まれるのはいいことだ。国が豊かな証拠だ」

すっぽりと毛布を被ったマチルダの頭を撫でる感触がした。まるで言葉の先を促されているように感じて、マチルダは続けた。ケルネールスの顔が見えないことで幾分話しやすくなる。

「もし、御子が生まれたら、陛下はどうされますか」

「どうもこうもない。慈《いつく》しんで育てるだろう」

「それが、たとえばラムニル国のような小国の……」

マチルダはこっそりと唾を呑み込んだ。

もしも皇帝が国の大きさや豊かさで皇妃を考えるようならば、いくらクリスティーヌが素敵な女性でも可能性が小さくなってしまう。

なにか判断基準があるのか、聞いておきたかった。

昨夜の事がちらつくがそれは極力考えないようにする。

「国の大小は関係ないだろう。私は自分と皇妃の子を厭うようなことはしない」

頭を撫でるケルネールスの手が、マチルダの髪を一房取ると指に巻き付けて遊び始めた。

特に不快というわけでもないから黙っているが、その行為がどことなくくすぐったくて、マチルダは肩を竦めた。

マチルダはこの時間をクリスティーヌの素晴らしさをケルネールスにアピールする絶好の機会だと気付き、なるべく不自然にならないように話し始める。

「我が姫、クリスティーヌ様は完璧な淑女でいらして」

「そうか」

「身のこなしは限りなく優雅、文化や芸術にも造詣が深く」

「それはなにより」

「笑う姿は可愛らしく、人の心を掴んで離さないほどで」

「なるほど」

小気味よく相槌を打ってくるケルネールスに調子付いて、マチルダはここぞとばかりにクリスティーヌのいいところを挙げ連ねていった。

「……主のことをよく見ているのだな」

大好きなクリスティーヌのことを思う存分話すことができる機会はラムニル国ではもうあまりなく、マチルダは興奮していた。毛布を剥《は》ぎ取りたいほどに熱くなっていたが、今更顔を出すのも気恥ずかしく、我慢していた。

「はい、クリスティーヌ様のことはいつまでも見ていられますし、許される限りお傍に居たく存じます」

「……そうか」

毛布越しに聞こえるケルネールスの声の調子が少し変わった気がして、マチルダは首を捻《ひね》る。

(飽きてしまわれたのかしら)

なにか面白いことでも……と思いを巡らせたマチルダの肩を、ケルネールスがぽんぽんと軽く叩いた。

「私のことは……、いや、お前には申し訳ない事をしてしまうな」

低く聞こえた声を問いただそうとしたが、あやすようなケルネールスの手に、いつしか寝かしつけられてしまった。

＊＊＊

ヴィルマから報告を聞き、ケルネールスはマチルダの身体を心配していた。

初めての行為に心と身体がどれほど傷ついただろうと思うと胸が痛む。他国の王女や皇帝と堂々と渡り合うマチルダが、今朝はぼんやりと心ここにあらずという様子だったらしい。

ヴィルマは最初のうちはそんなものだと言っていたが、ケルネールスはその言葉を鵜呑《うの》みにできないでいた。もしなにかあったら取り返しがつかない。

気を揉んだケルネールスに、護衛騎士からも報告が上がってきた。

よかれと思って散歩を許した庭でラムニルの王女と再会したあと、自分を監禁しないのかと言ってきたらしい。

結果、ケルネールスは慌てて仕事を放りだし、寝室にいたマチルダを半ば強引に寝かしつけた。

主をこれほどまでに慕っているマチルダを、帝国に留め置くのは少々気が引ける。

しかし忠誠を誓われているクリスティーヌに嫉妬を覚えるほどにケルネールスはマチルダを欲していた。

つい私のことはどう思っているのか、と聞きそうになってしまったくらいだ。

どうやらすっかり寝てしまったらしく、耳を澄ますと毛布の中からは規則正しい寝息が聞こえてくる。

ケルネールスは確認のためだ、と己に言い訳をしてそっと毛布を捲《めく》った。

マチルダはよく眠っているようで、微かに唇を開いた寝顔があどけない。

つい頬が緩むのを感じてケルネールスは唇を引き結んだ。


マチルダを娶ろうと考えている旨を告げると、宰相は目に見えて肩を落とした。

「なぜ、……どうしてよりによってそこに落ちるのですか……！」

「気に入ってしまったのだから仕方がないだろう。マチルダを皇妃にするよう、至急調整をするように」

偽らざる気持ちを述べると宰相は大仰に嘆いた。

「もっと大国の、もっと帝国の利益になる、もっともっと格段に美しい候補者が数多くいる中で、どうしてラムニルのような小国の、しかも侍女なのですか！」

宰相の言いたいことはわかるが、ケルネールスはマチルダが貶《けな》されたと感じて眉をつり上げる。

「それは私の皇妃に対する侮辱と受け取るが」

「皇妃ではございません……！」

「まだ、な。これから皇妃になるのだ」

ケルネールスの鋭い視線に怯んだ宰相だったが、咳払いをして気持ちを立て直した。

その辺りの切り替えの速さは、さすが帝国の宰相というべきか。

「……最大限に譲歩して、候補の一人として、ならば。しかし決定には時期尚早かと。各方面の調整も必要ですし」

「だから、その調整を急げと言っている」

ケルネールスは内心憤慨したが、宰相がなにかを思いついたように手を叩く。

「ああ、もしや陽動作戦ですかな？　囮《おとり》を立てて各国王女がどれほど陛下に心酔しているか量ろうとなさっているとか？」

「マチルダを当て馬にする気はない」

幾分食い気味にキッパリと言い放つケルネールスに、宰相は今度こそ頭を抱えた。

しきりになんのための皇妃選びか、せっかく他国から呼び集めた美姫《びき》が、国益が、と嘆いている。

そういう側面があったのは否定しないがケルネールスはマチルダという存在に出会って、惹《ひ》かれてしまったのだから仕方がない。

ケルネールスは重ねてマチルダを皇妃とするべく動くように宰相に命じる。

宰相は納得いかない様子ながらも、今ここで徹底抗戦する気はないようで、渋々首を縦に振った。

ケルネールスは着実にマチルダを囲い込むための準備を始めた。

しかし、最大の難関はマチルダ自身だ。

クリスティーヌをまるで女神のように崇拝しているマチルダの気持ちを、自分に向けさせるためにはどうしたらいいのか。

正直、マチルダとの邂逅《かいこう》の中でクリスティーヌより有利になった事などなかった。あるのは閨を共にしたという既成事実だけだ。

（いや、それこそクリスティーヌ王女にはできぬ唯一の繋がり……マチルダも気持ちいいと言っていた）

昨夜の密事を思い出し、眠るマチルダの頬をつつくとぷに、とした弾力が返ってきた。

ケルネールスが何度も頬をつつくとうざったかったのか、マチルダが小さく唸って寝返りを打つ。

横向きになって眠るマチルダは、余計に身体の薄さを際立たせ、寒そうに見えた。

（……背中が寒そうだからだ。他意はない）

誰に対して言い訳をしたのかわからないが、ケルネールスは小さく咳払いをするとマチルダの横に自らの身体を横たえた。

そしてマチルダが起きてしまわないように細心の注意を払いながら腕を回し、毛布ごと抱き締めた。

マチルダは脚をもぞもぞとさせたがそのまま眠り続けている。

寝ているマチルダに不埒《ふらち》なことをするつもりはなかったが、鼻先にふわりといい香りを感じて、視線が首筋に吸い寄せられた。

どうということはない部位なのに、どうしてかその細くて白い箇所から目が離せなくなった。

（どうしたというのだ……首筋になにを）

ケルネールスは躊躇《ためら》い、何度も葛藤を繰り返したが、どうしようもなく触れたくなった。しかし手で触れてはさきほどの頬のように嫌がられるかも知れない。

(そう、軽く……就寝の接吻《せっぷん》のようなものだから)

鋼《はがね》の意志を持っていると自負していたケルネールスだったが、マチルダを前にするとこうも禁忌《きんき》のハードルが下がるものかと呆れながら、その首筋に軽く口付けた。

「んっ」

くすぐったかったのか小さく反応したマチルダだったが、またすぐに規則正しい寝息を立て始める。

起きなかったことを少し残念に思いながら、ケルネールスは再び首筋に小さな口付けを与えた。

＊＊＊

マチルダは、ぐっすりと眠った。

ヴィルマが心配して何度も様子を見に来てくれていたらしいが、それすら気付かず、深い眠りに落ちていたらしい。

さすがに起きないとまずい、と判断したヴィルマによって、日が高くなってから揺り起こされたマチルダは、ふわあ、と欠伸《あくび》をしながら大きく伸びをした。

あら、ふふふ、とヴィルマが小さく微笑んだのを、子供のような仕草を笑われたのかと思ったマチルダは顔を赤くしてそそくさと寝間着を脱いだ。

「……マチルダ様は、陛下にたいそう気に入られたのですね」

なにを以《もっ》てそう思うのかわからず、マチルダは首を傾げると、ヴィルマが自分の首筋をトントンと叩いた。

なにかついているのか、と鏡を覗《のぞ》き込んだマチルダはそこにある赤い痕を認め、慌てて手のひらで隠した。

「なっ？」

寝る前はなかったものが起きたらある、ということは寝ている間についたものだ。

しかし昨夜は寝かしつけられただけでなにも致していないはず。着衣も乱れていなかったのに、なぜ。

恥ずかしさでグルグルとした思考から離れられずにいるとヴィルマは気にすることはない、と痕が早く消えるように熱い風呂に入ることを勧めてくれた。

湯浴みが終わって簡素なドレスに着替え、ようやく落ち着いたマチルダを見て、ヴィルマが微笑む。

その表情や言葉に嫌みがないことは知っていたが、マチルダはまだ素直に受け取ることができない。

かろうじて『皇帝陛下は田舎のおもちゃが珍しいのでしょうね』という言葉を呑み込んだ。ヴィルマに文句を言っても意味のないことだ、と自分を律する。

こんなときこそ、自分はラムニル国の王女クリスティーヌに仕えているのだ、と言い聞かせ品位を保たねばならない。

今のマチルダはそれを支えにして息をしている。ヴィルマはどこか様子のおかしいマチルダに気付きながらも特に腫《は》れ物のようには扱わず、マチルダにとって、それは救いだった。

「陛下との謁見ですが、今日は早めにこちらにいらっしゃるそうなので、そこでお話を聞かれると言付けを預かっています」

「いえ、ここではなくて……、どこか、別の……」

寝台があるところで冷静にケルネールスと話ができる気が全くしない。それにヴィルマを始め帝国側の人たちはわたしが寝室に侍っていることに反感を持たないのだろうか？

マチルダは聞いてみたかったが、もし肯定されたら立ち直れない、と慌ててかぶりを振った。

寝た子を起こすことはない……きちんと自衛すれば……皇帝とていつでも盛るような人物ではないはず……多分、……きっと、恐らく。

結局マチルダの希望は叶えられず、ケルネールスと寝室で対峙することとなった。

それでも幾ばくかの抵抗を見せたくて、マチルダはヴィルマに頼み込んで寝台から離れた窓際に小さなテーブルと椅子を準備してもらった。

それを見たケルネールスはほんの少し片眉を上げたが特になにも言わずマチルダとテーブルを挟んで椅子に腰掛けた。

「話があるとか」

「ええ、これからのことをお伺いしたいのです」

マチルダはケルネールスの背後に見える寝台から目を逸らしながら、静かに息を整えた。

昨夜誤魔化《ごまか》された事をしっかり聞くつもりだ。

自分はいつ解放されるのか、解放されないのだとしたらどういう扱いになるのか。

失礼にならないよう慎重に言葉を選んで誠実に真摯《しんし》に訴えたつもりだった。

ケルネールスは眉間にしわを寄せたまま沈黙している。

その表情が、あまり芳《かんば》しくないように見えて、マチルダは不安になった。

「……まず、お前を処刑する予定はない。しかしラムニル国へ帰す予定もない。ずっと私の傍にいるように」

「そ、それはどういうことなのでしょうか？　もしや、姫様……クリスティーヌ様を皇妃としてお迎えになることをお考えで、私を元通り侍女として姫様にお仕えすることをお許しいただけるということでしょうか」

もしそうならば願ってもないことだ。ずっとクリスティーヌと一緒にいることができて処刑されることもない。国や家にも迷惑をかけることがない。

しかし喜色を浮かべたマチルダに、ケルネールスは目を眇める。

「お前の想像力は斜め上を行くな……。そうではない。お前自身が私の傍に侍るのだ」

「え？」

ケルネールスはマチルダに手を伸ばしてきた。ぎくり、と身を強ばらせたがまさか避けるわけにもいかない。

唇を引き結んでなにをされるのかと待ち構えていると、手の甲で首元を撫でられた。

その場所に触れられる意味を考え、マチルダは肩を揺らす。

そこは寸分違わず、今朝ヴィルマに指摘された痕が残るところだった。

首を覆い隠すデザインのドレスだったため、直接肌に触れられたわけではなかったが、布越しにもかかわらず熱を感じてマチルダは顔が熱くなった。

「鬱血《うっけつ》を隠すためにこのような堅苦しいドレスを着ているのか？」

「そ、……それは……！」

確かにその通りだった。

ケルネールスがつけたマチルダへの所有印はしばらく残るだろうとヴィルマは言った。そして『気になるなら薄くなるまで隠しましょうか』と気を利かせて痕が隠れるドレスを選んでくれたのだ。

「隠さずともよい、それはお前が私の物だという印だ。痕が薄くなったらまた付けてやる」

するりと顎を撫で、ケルネールスの手は離れていった。碧玉の瞳がなにかを言いたげに揺らめいた気がしたが、ケルネールスはなにも言わずに腰を上げた。

「陛下……！」

マチルダも立ち上がったが、なにを言うべきか迷い、視線を彷徨わせた。

聞きたいことはたくさんあったはずなのに、いざケルネールスを前にすると言葉が詰まる。

「なぜ、……わたしをそのように、傍に召されようとなさるのですか？」

特別美人でもない。気は付く方だと思うが、それはクリスティーヌ限定で発揮される能力だ。身分は低いし、財産もない。大国の皇帝が気にするような要素がまったく見当たらないのに、なぜ。

戸惑いに気持ちが揺らぐマチルダを見据え、ケルネールスは目を細めた。

「王女のためならば何でもするのではなかったのか？」

「もちろんそのつもりです！　しかし皇妃選定に支障ないという条件が、本当に担保されているのかどうか不安で……」

マチルダは確約がほしかった。自分がクリスティーヌの足手まといにならないという確かな約束があれば頑張れるのだ。

「王女のためというのはつまり、引いてはラムニル国のため、ということだな？」

「……はい」

マチルダにとって大事なのはクリスティーヌが幸せになることである。クリスティーヌさえ幸せであればマチルダの目的は達成される。

しかし国の側からみれば、しがない小国が大帝国ムイールの後ろ盾を得る好機であると言える。厳密に言えばクリスティーヌの幸せとラムニルの国益は等しくないが、広義でいえば一致している。

「マチルダを私のそばに置くことでラムニルに生じるのは、国益であると約束しよう」

「ありがとうございます！」

皇帝の言質《げんち》をとった！　マチルダは心の底から安堵した。しかしケルネールスの回りくどい言い方が気になり、思案顔になる。

（わたしが陛下の傍にいることでラムニルの国益になるとは、クリスティーヌ様を娶るということでしょう？　そこは姫様を娶ると発言してほしい……それにはっきり言って、姫様との結婚にわたしが侍るという条件が必要……？）

困惑が通じたのだろう。ケルネールスは口角を上げた。

「お前を気に入ったと言っただろう？　マチルダを傍に置くのにそれ以上の理由がいるのか？」

ケルネールスの碧玉の瞳が妖しく揺らめき、マチルダはどきりと鼓動が跳ねた。まるでマチルダ自身を必要としているのだと言われたような気がしたのだ。

途端にケルネールスの背後の寝台を意識してしまう。ケルネールスがその気になれば、そういうこともあり得るのだ。

「そ、それは……珍獣的な扱いでしょうか……」

「まあ、初めて見つけたという点では、そう言えなくもないが」

マチルダはケルネールスがわざと核心を外して話していると直感したが、それを指摘していいのか迷った。

しかし迷うマチルダよりも先に、ケルネールスが口を開いた。

「寝室では手狭だろう。代わりに西棟に部屋を用意した。後で私も行くが、先にヴィルマに案内してもらえ」

「西棟……」

マチルダはそのまま振り向きもせず寝室を出て行ったケルネールスを見送った。

第二章　もふもふと城下散策

西棟に部屋を賜《たまわ》った、と言うとヴィルマは頬を引きつらせた。

マチルダはその予想外の反応に驚く。

「陛下が部屋を準備してくださったと……詳しく聞いていないのですが、西棟にはなにがあるのですか？」

よく考えたら実際ケルネールスはいいとも悪いともいっていなかった。

もしとんでもない場所だったら行くのをやめたい、と不安に思いながらも尋ねると、ヴィルマは迷った末に重い口をようやく開いた。

「西棟は陛下が個人的に所有している場所で、幼い頃から可愛がっておられる動物……、そう、動物がおります」

「愛玩動物、ということかしら？」

マチルダは犬も猫も鳥も馬も、動物は一通り好きなので、もし動物がいるのなら会ってみたかった。世話をするのも気が紛れるかも知れない。

庭に出ることも禁止され、ただ部屋に閉じ籠もっているよりも、なにかしたかったのだ。

早速行ってみたい、とヴィルマに言うと、明らかな作り笑いで了承された。もしかしたらヴィルマは動物が苦手なのかも知れないとマチルダは思った。

「あ、でも無理を通すつもりはないので、駄目なら断ってくださってても。場所さえ教えてくだされば一人でも行けますし」

助け船を出したつもりだったが、それが逆にヴィルマのやる気に火を付けてしまったようだった。

「いいえ！　陛下が許可して、マチルダ様が行きたいと仰せなら私がご案内しないという選択肢はありません、さあ行きましょう！」

責任感に裏打ちされたいい笑顔で、胸を叩いたヴィルマだったが、しかしその足取りはいつもよりも重かった。

いつも笑みを絶やさないヴィルマがこんなに緊張するとは、いったいどんな動物なのだろう。マチルダはますます興味が湧いてきた。


「あ、なんだか素敵な建物が！」

「ああ、マチルダ様、危ないのであまり急に近付かないほうが……」

西棟への道を歩いていると風変わりなテラスが目に入ってきた。

まるで大きな鳥籠が建物から庭にはみ出したような変則的かつ豪華な造りに、皇帝が愛《め》でているという動物の檻《おり》だと一目でわかった。

（檻……外に出てしまわないように、という意味？　それとも……）

ヴィルマが恐れているのは、それが猛獣だからなのだろうか？　しかし檻の外から見るぶんには問題ないのだろう。まさか人を襲うような危険なものに人を近付けさせるような非人道的なことはしないだろう。マチルダは護衛騎士ライオスに庭から近付きたい、と頼んでみた。

「……よろしいでしょう」

「ありがとうございます！」

マチルダは早く動物が見たくて早足になってしまい、ライオスを追い越しそうになり注意された。


手入れされた芝生をサクサクと踏んで近付くと、真っ白なソファに寝そべる黒い塊が見えた。

あれが、と逸《はや》る気を抑えられずにいると、それは急に顔を上げ、すん、と臭いを嗅ぐような仕草をしてマチルダを見た。

そして音もなくソファから降りると身体をしならせして伸びをし、ゆったりと長い尻尾を振りながら歩いて檻の端に寄ってきた。

「まあ、……なんて大きくて美しい……豹《ひょう》かしら」

その身体は艶《つや》やかな漆黒の被毛《ひもう》で覆われており、歩くたびに光を受けて輝いた。

鋭い瞳は金色で、瞳孔が油断なく細められている。

よく見ると鼻筋から額にかけて白い毛が混じっており、まるで夜空に星が流れた跡のように見えた。

「あ、あぁ……いつもは人が通っても無視するのに、こんなにこちらに興味を示すなんて……っ」

やはりヴィルマは動物が苦手らしい。

ひたひたと近寄ってくる豹に恐れを成して逃げ腰になっている。

確かに檻もなく野生でいきなりあんな大きな豹が近付いてきたら恐ろしくて腰を抜かすかもしれない。しかしあんな太い格子の檻の中にいるのに、そんなに警戒しなくても、とマチルダは思う。

「もっと近付いても？」

「危険ですからあまり近付かないほうが」

ライオスはさすがに恐れた様子がないが、右手が緊張しているのが見て取れた。なにかあれば剣を抜くつもりなのだろう。

マチルダを快《こころよ》く思っていないような騎士でも、身を守るつもりはあるということか。

「大丈夫です、手を出したりしませんから」

子供のように我を忘れて触れようとするほど節操なしではないことを伝えたかったのだが、ライオスは表情を固くしたまま、にこりともしなかった。

「……こんにちは、豹さん。お名前は……」

檻ギリギリに近寄ってきて鼻をスンスン鳴らす豹の仕草に頬を緩ませながら、名前を知らないことに気付いて呼びかけるのを躊躇っていると、背後から聞き覚えのある低い声が聞こえた。

「シューリーと呼んでいる」

振り向くとさっき別れたケルネールスがこちらに向かってゆったりとした歩調で歩いてきていた。

「……っ、陛下」

皇帝に気付いたライオスとヴィルマはすぐに跪いたが、機を逃してしまったマチルダは一拍遅れて腰を落とそうとしてケルネールスに止められた。

「お前に臣下の礼を望んでいるわけではない……来い」

自然な動きで腰を取られたマチルダは拒否するわけにもいかず、仕方なくケルネールスと並んで歩く。

檻に近付くと、豹……シューリーはまるで猫が飼い主に甘えるようにグルグルと喉を鳴らしていた。

「シューリー、元気そうだな」

ケルネールスは檻の中に手を差し込んでシューリーの眉間をクルクルと撫でてから顎の下を擽《くすぐ》った。

そうすると豹は更に気持ちよさそうに喉を伸ばし、鼻から「クフン」と満足そうな息を漏らす。

よしよし、と機嫌よさげなケルネールスの声に、マチルダがこっそりと盗み見ると、いつもは麗《うるわ》しくも近寄りがたく整った美貌が屈託ない笑顔に綻んでいた。

(まあ、なんて素敵なの……！　皇帝陛下はこんな無邪気なお顔もなさるのね)

冷たく冴《さ》え渡《わた》る美貌が、包み込むような優しさを湛《たた》えているように見えて、マチルダは頬が熱くなるのを感じた。ケルネールスの意外な一面は心臓に悪い、と胸を押さえる。

「……女の子なのですね。とてもお利口そうで、可愛い……陛下にとても懐《なつ》いているのですね」

名前の響きからそう考えたマチルダは、胸の動悸《どうき》をなんとかやり過ごして、ケルネールスによく懐いている様子の豹をじっと見つめた。

猛獣で、しかもこの大陸にはいない動物のため、このように間近で見たことがなかったが、よく見ると金の瞳は緑がかっており、それを縁取る睫毛が思ったよりも長いのを見つけその造形美にうっとりとする。

「シューリーは手のひらに乗るほど小さい頃から育てている。撫でてみるか？」

腰を引き寄せられ撫でるように促されるが、やはり目の前の鋭い牙に怖じ気《おけ》づいて手が震えてしまう。

可愛いと思うことと、恐れなく触れられることはイコールではない。

しかしマチルダの躊躇いなど気にも留めない様子のケルネールスはマチルダの手をとって檻の隙間に差し込んだ。

「キャア！」

ケルネールスの暴挙にマチルダではなく背後に控えるヴィルマが悲鳴を上げた。

当のマチルダは驚きのあまり声が出なかったが、それが幸いしたらしい。

シューリーはマチルダの手の匂いを嗅ぐとぺろり、と手の甲を舐めた。

「噛まない……お友達になってくれるのかしら……」

「噛むものか、お前には私の匂いがついているからな」

なにを当たり前のことを言っている、と言わんばかりのケルネールスにマチルダは感嘆の声を上げた。

「まあ、こんなわずかな接触でついた匂いもわかるなんて、鼻がいいのね、シューリー」

頬のあたりを軽く掻《か》くようにして撫でると、シューリーは『もっと撫でろ』と顔をマチルダに押し付けてくる。

その圧に負けそうになってマチルダは思わず声を上げて笑う。

「あははっ、なんて可愛いのシューリー！」

マチルダが初めて声を上げて笑ったことに気付いた、ヴィルマとライオスは場が和んだ事に安堵の息を漏らす。

しかしその和んだ空気もケルネールスの一言ですぐに霧散した。

「……胎の中まで私の匂いを付けたからな、シューリーが気を許すのも当然だろう」

「……っ、な、……な！」

艶事を思い出させる一言に、マチルダは身を固くした。

せっかく和んだ空気が一瞬のうちに凍り付き、ケルネールスとシューリー以外の者はこの場から消え去りたいと強く願ったが、残念ながら誰の願いも叶わなかった。

「シューリーもお前のことを気に入ったようだ。これからはシューリーも含めて、西棟を自由に使え」

ケルネールスはヴィルマに目配せをすると去って行った。

「お心のままに」とその背中に返したヴィルマは、ほっ、と大きな息をついた。

「マチルダ様、今日からは陛下の寝室ではなく広い西棟をご自由にお使いいただけますね！」

シューリーのことは恐ろしく思っているが、寝室に半ば軟禁されていたマチルダを心配していたヴィルマは努めて明るく話しかけた。

しかしマチルダはさきほどのショックから立ち直れずに赤いような青いような不思議な顔色のまま「あ、ええ……そうなんですね……、はあ……」と魂が抜けたような返事しか返せなかった。

西棟の居室は完璧に整えられており、その豪華さに眠る事もできない、と恐れおののいたマチルダだったが、数時間で慣れた。人は状況に慣れる生き物だ。

柔らかな寝台に寝転がると、足下から睡魔が這《は》い寄ってきた。

「……ああ、今夜はゆっくり休めるのね……、ありがたいわ」

皇帝の寝室から離れた西棟に移動させられたということは、恐らくもう伽はしなくてもいいということだろう。さすがの皇帝も愛してもいない、妻でもない者を何度も抱く気はないのだ。

そうでなくてもマチルダ以外にも皇帝の閨に侍るべき美姫はたくさんいるに違いないのだから。

マチルダは大きな安堵とほんの少しの胸のつかえを同時に感じたが、それも柔らかな睡魔に包まれていった。あとはどうにかクリスティーヌと連絡を取れないかを考えなければ。

親切なヴィルマさんに頼んでみよう、と考えながら、意識が奈落へ落ちていく中、キイ、と扉が開く音がした。

（……ヴィルマさんかしら？）

控え部屋にいるヴィルマが出入りする音かと思ったマチルダは再び眠りの中に沈んでいきかけたが、別棟とはいえ皇帝の御座《おわ》す建物が、夜とはいえそんなに音が漏れ聞こえるはずないと即座に否定する。

とすると、誰かが侵入してきたのだ。

マチルダは一瞬にして目が冴《さ》えた。

もったいなくもこの西棟はシューリーとマチルダと数人の護衛騎士、そしてヴィルマを始めとする世話係が数人しかいないはずである。

元はたくさんの人が寝起きしていたらしいが、シューリーが住むように一階を改装してからは、皆、シューリーを恐れて、別棟に移動したらしい。

もしかしてマチルダがここにいると知らずに賊が入ったのか、それとも邪魔なマチルダを始末しようとする何者かが忍んできたのか。

何にせよ危機的状況なことには違いなく、マチルダは懸命に考えた。なんの警戒もせず夜着で寝台に入ったため武器になるようなものはなにひとつ身につけていない。ならば不意を突いて相手の油断を招き誰かに助けを求めるしかない。

幸い大声と逃げ足には自信がある。マチルダは神経を研ぎ澄ませて侵入者の接近を感知しようとしたが、無駄に毛足の長い絨毯《じゅうたん》のせいで足音がしない。

これでは不意を突くどころか、こちらが不意を突かれてしまう。いっそのこと急に起き上がって奇声を発しながら走って逃げたほうが生存率は上がるのでは、と考え始めた矢先、ぎしりと寝台が軋み後ろから腕が伸びてきた。

（……ひい！　思いのほか近かった！）

体中の血がざっと音を立てて下がるのを感じ、もはやこれまで、と覚悟を決めたマチルダの鼻腔《びこう》がさわやかな香りに気付いた。

それは夜に甘く苛まれた記憶と固く結びついた香りと同じで瞬時に身体の奥が熱くなった。

（……へ、陛下⁉）

「寝ているのか、……マチルダ」

次いで聞き覚えのある低い声がマチルダを呼んだ。

これで確定である。

背後からマチルダを抱く侵入者は皇帝ケルネールス本人であった。ひとまず命の危機は去ったが、今度は身体の危機である。

再び身も世もなく抱き潰されてしまうのか、とマチルダは固く目を閉じる。しかし気持ちとは逆に秘した花弁が潤い綻び始めたのがわかり、その浅ましさを隠すように内腿《うちもも》に力を入れた。直後、身体を後ろから抱き締められた。

（ああ、また今夜も……）

望んでいないはずの行為なのに、胸に甘いものが満たされていく。それがなんなのかわからないうちに、身体をまさぐる手の動きに腰がヒクリと反応してしまった。

「……狸《たぬき》寝入りか、いい度胸だ」

「へ、陛下……っ、ひぅ！」

首筋に這わされた濡れた感触がケルネールスの舌だと気付き、おかしな声を上げてしまったマチルダは慌てて口を塞いだ。しかし時折甘く歯を立てられ吸われ、先日も知らないうちにこんな風にされていたのかと思うと身体が熱くなっていくのを止められない。

「う、……あァっ、ん、んんっ」

「マチルダ、お前はどこを食べても甘いな……」

ケルネールスの声に身を捩《よじ》るようにして視線をあげると目が合った。宝石にもたとえられるケルネールスの緑の瞳はギラギラと欲を纏っていて、マチルダを射竦める。身動きができずにいると、ケルネールスの手に力が入りマチルダに顔を寄せてきた。

（あ、……口付けを？）

反射的に目を細めたマチルダの唇がケルネールスのそれに触れたとき、まるで雷にでも打たれたような気がして身体が強ばった。しかし次の瞬間、ケルネールスが噛みつくような激しさで唇を合わせてきたため、マチルダは大いに戸惑った。

胸の奥が苦しいような、頭の芯が痺れるような不思議な浮遊感に目眩がした。耐えていないと変な声が出そうになり必死に息を詰めていたが、とても耐えきれるものではなく、マチルダはシーツの波に溺れるように絡め取られていった。


「……うう、ん……、ん？」

窮屈さから脱するために伸びをしようとしたマチルダは途中で動きを止めた。目の前に麗しい皇帝の尊顔があることに気付いたのだ。

それは身動きしたら鼻先がくっついてしまいそうなごく近い距離で、マチルダは慌てて顎を引いた。

（そういえば、昨夜は陛下が……）

眠りに落ちる前のことを思い出してようやく現状を把握する。てっきり刺客に寝込みを襲われるとばかり思っていたマチルダだったが、予想に反してケルネールスに甘く鳴かされてしまった。

最初の口付けこそ強引だったが、決して無体なことはせず、快楽をこれでもかと与えられた。結局半ば失神するように眠りについたため、恐らく双方眠ってしまったあとで寝返りを打ってこのような位置関係になってしまったのだろう。

マチルダはケルネールスの考えていることがよくわからなくなり、目の前の麗しい顔を眺める。気に入ったと言われた。ずっと侍るように、と言われた。しかしその真意はわからない。

毛色の違う猫の子のように珍しい侍女を傍に置くつもりなのか。マチルダは息を詰めてケルネールスを見つめた。

凛々しく、男らしい顔つきだと思っていたケルネールスだったが、眠っているとどこか可愛いらしい雰気が滲《にじ》み出ているような気がする。

マチルダは顔のどのパーツがそう思わせるのか、じっくり観察した。

通った鼻筋、意志の強そうな眉、精悍《せいかん》な輪郭。

それらははっきりとケルネールスの男の部分を構成しているように思えた。ならば閉じたまぶたの縁を彩る睫毛だろうか。気付かなかったが、影の濃さから考えるに、男としては相当長いのではないかと思われた。

(男としては、と言うより……正直わたしより長いわ、きっと)

女として負けた気分だったが、皇帝の家系は美形が多い事は周知の事実である。

前皇帝の皇妃、つまりケルネールスの母親はまばゆいばかりの美貌の持ち主だったと聞いたことがある。その血を色濃く受け継いだのだろう。そして固く引き結ばれた唇は、見た目よりも柔らかそうである。

(……もし、普通の男と女だったら、わたしはどうしたかしら)

ケルネールスと身体を重ね、傍にいろと言われたら。きっとマチルダは有頂天になって頷いただろう。しかし実際にはケルネールスは大帝国の皇帝で、マチルダの主であるクリスティーヌを伴侶とするかもしれないのだ。

マチルダの胸は急に重くなった。まるで石でも呑んだような不快感に、思わず身動《みじろ》ぎするとケルネールスの長い睫毛が微かに震え緑の瞳が薄く開いた。

マチルダはギクリとしたが、ケルネールスは緑の瞳を細めてほんの少し口角を上げた。

「……マチルダ」

低く掠れた寝起きの声で名前を呼ばれてマチルダはぞわ、と背筋を得体の知れない感情が這い上がるのを感じた。

それは閨での快感とよく似ていて戸惑っていると、ケルネールスがその逞しい腕を伸ばしてマチルダの身体を引き寄せてきた。

「え、あの……陛下?」

「マチ、ルダ……」

舌足らずな様子から見るに、ケルネールスはまだ寝ぼけているようだ。しかし身体に回された腕の力は健在で、抜け出すことはできない。

「陛下、あの……起きていらっしゃいますか?」

果敢に話しかけるが、ケルネールスは引き寄せたマチルダの胸に顔を埋めた。むずがるように低く唸って頬を押し付ける様は庇護《ひご》欲をそそるものだった。

(皇帝陛下が、可愛いとか本当ですか?)

どうしていいかわからず固まっているとようやく目が覚めたのか、ケルネールスがうっすらと瞼を持ち上げ、カッと目を見開いた。その豹変《ひょうへん》ぶりに動けずにいると、ケルネールスはその見事な腹筋を使ってさっと起き上がる。

「お、おはようございます……」

「……うむ」

あからさまに不機嫌な様子のケルネールスは乱れた髪を掻《か》き上げるとマチルダとは逆を向いて咳払いをする。そのばつが悪そうな態度にマチルダは寝起きが悪いのだな、と納得した。


そうしてぎこちないながらもケルネールスの訪《おとな》いは毎日のようにあった。求められて身体を重ねることも多かったが、なにもしないで帰るときもあった。忙しい合間を縫って、ケルネールスがわざわざ西棟まで足を運ぶことを申し訳なく思ったマチルダはある夜、ケルネールスに提案をした。

「ご用の時はわたしを呼びつけてくだされば……」

しかし口にした次の瞬間、ケルネールスから酷く冷たい視線を浴びせられた。お互いに利がある提案だと思っていただけに、マチルダはその視線に驚いた。

「お前はいったい私をなんだと思っているのだ」

怜悧《れいり》な美貌に圧倒されながらも、マチルダは持ち前の図太い神経で言い返す。

「お忙しい陛下を慮《おもんぱか》ってのことでしたが、差し出口でしたか」

「お前はまだわからないのか……！　私がお前を娼婦《しょうふ》のように扱うわけがないだろう！」

その言葉をどう捉えていいものか、マチルダは迷った。心の中では気に入ったという言葉通り、それなりに情を持ってくれているということかとときめくのだが、別の自分が気持ちに待ったをかける。

（大帝国の皇帝で、クリスティーヌ様を伴侶とするかもしれないようなお方が、侍女にそのように心を寄せることなど、本当にあるわけがない）

唇を固く引き結び黙り込んだマチルダを見て、ケルネールスは苛《いら》立ったように眉をつり上げる。

いや、実際苛立ったのだろう。小さく舌打ちをすると無言のまま部屋を出て行ってしまった。

まさか待ってくれとも言えずマチルダは黙ってそれを見送ったが、それからケルネールスの訪いが途絶えると、あのとき引き留めて苛立ちの意味を聞くべきだったかと思い返した。

（陛下がお見えにならないと身体の負担もないし、正直気が楽。でも……）

はしたなく快楽に溺れる自分と距離を置けることをありがたいと思う反面、どこか寂しさのようなものが胸を過《よぎ》るマチルダだった。


「シューリー、あなたのご主人様は謎が多いわね……」

マチルダはシューリーの首根っこに腕を回して呟いた。

閨に侍ることもなくクリスティーヌの元に帰ることも許されず、他にやることがないマチルダは、シューリーに頻繁に会いに行くうち、とうとう檻の中に平気で出入りするようになっていた。ここではシューリーの世話をすることは誰にも止められず、むしろ歓迎されたからだ。

マチルダにすっかり馴《な》れたシューリーは手を出しても噛まないどころか撫でろとばかりに頭を擦りつけてくるし、日差しが気持ち良くてうたた寝をするマチルダの膝に頭を乗せて一緒に寝たりするようになっていた。

そういえば宰相に獣の餌にするといわれたときは恐ろしさに震えたものだったが、いまにして思えばその獣とはシューリーのことだったのだ。

それが今では餌になるどころか餌を与え、一緒に寝るまでになったのだから先のことはわからないものだ。マチルダがシューリーをブラッシングしていると、シューリーがピクリと耳を動かして顔を上げた。どうしたのかとマチルダも耳を済ますとどこからか軽快な音楽と楽しそうな笑い声が聞こえてきた。

（ああ、……きっと各国の王女たちのための催し物ね）

確か舞踏会までの期間、姫様たちが退屈しないようにいろいろな催しがあると聞いたのでそれだろうとマチルダは納得する。

クリスティーヌは楽しんでいるだろうか、と考えたマチルダは、自分の中に楽しんでいてほしいという気持ちと自分の事を思って沈んでいてほしいと願う気持ちが混在していることを恥じた。

きっと優しいクリスティーヌはマチルダのことを心配しているに違いないのに。

しかしそれを望むことはあまりにも浅ましい。マチルダは情けなさに芝生の上で悶《もだ》え苦しんだ。

「マチルダ様、どうされました⁉」

のたうち回って草だらけになったマチルダを心配して檻の外からヴィルマが声を掛けてくれる。

ヴィルマはやはりシューリーが苦手のようで、檻の中には入れない代わりにこまめにマチルダの様子を気にしてくれていた。様など付けずに呼んでほしいと頼んでもあっさりと却下する小気味よさにマチルダは随分救われている。

小気味よいといえば帝国の護衛騎士ライオスもマチルダに遠慮しない人物だった。

皇帝の庭でのクリスティーヌとの邂逅を邪魔されたときには足をグリグリ踏み躙《にじ》ってやろうかと思っていたマチルダだったが、ライオスは職務に忠実なだけで意地悪い人物ではなかった。

その証拠にヴィルマの後ろから檻の中のマチルダを気にかけている様子が見て取れる。

「ありがとう、大丈夫です……クリスティーヌ様を思い出して会いたくなっただけだから……ううう」

目元を隠して泣き真似《まね》をするが誰ひとり騙《だま》されてはくれない。

マチルダは寂しさを紛らわすようにシューリーに抱きついた。

「なにより暇なんです！　なにか仕事をください！」

「いけません、マチルダ様に労働させるなんて」

マチルダは自分の気持ちが不安定になっているとわかっていた。

処刑されるわけでもなく国に強制送還されるわけでもない。

皇帝はなにやら考えがありそうだが、言葉少なで素直に教えてくれそうにはない。

だがケルネールスに接触して、寝た子を起こすようなことはしたくはなかった。

（せっかく夜に来なくなったんだもの……）

もしや飼い殺しにして自滅するのを待っているのだろうか。そう考え始めたマチルダに、午後になって嬉しい知らせが舞い込んできた。

「まあ、城下に!?」

「ええ、退屈されているマチルダ様に少しでも楽しんでいただければと」

ヴィルマがニコニコしながらあまり派手ではないドレスを見繕ってくれる。

それでも作りと素材がしっかりしているので古くさく見えないのはさすがである。

「お忍びって事ですよね？」

「ええ、内緒です」

ヴィルマは手早くマチルダの髪を三つ編みに結うと帽子を被せた。

あまり顔を見られないようにとの配慮だろう。

「私はご一緒できませんが、城下に詳しく腕も立つ案内役がいるのでご安心くださいね」

ヴィルマと街を散策したら楽しいだろうと思っていたマチルダはしょぼんと肩を落としたが、普段ずっと自分の傍にいてくれるヴィルマに休んでもらう絶好の機会だと気付き、一緒に来てほしいという我が儘は口に出す前に呑み込んだ。

準備をして指定された西棟の裏の通用口に行くと、あまり目立たない馬車が用意されていた。中には今日の案内役という人物がもう既に乗り込んでいるようで、人影が見えた。

「はじめまして、マチルダです。今日はよろしくお願い致しま、……ま！」

淑女の挨拶をしてから顔を上げたマチルダはそのまま凍り付いた。

中にいたのは皇帝ケルネールスだったのだ。

マチルダ同様、変装のためかまるで商家の若旦那のような格好をしている。

少し着崩している雰囲気はいつもより親しみやすさを演出しているが、それでも美貌と滲み出る高貴な雰囲気は隠せていなかった。

なにを着ても男振りの良さが際立つ、一種暴力的な美貌にマチルダは一瞬ケルネールスに見蕩れたが、すぐに正気を取り戻し、背筋を伸ばした。

「間違えました！　失礼致しました！」

ギリギリ淑女としての礼儀を思い出してステップに乗せた片足を降ろしてくるりと踵を返したマチルダだったが、ケルネールスのほうが早かった。

素早く身を乗り出してマチルダの腕を掴むと強引に馬車に乗せる。

「……いいから乗れ」

「あの、間違いです、本当に間違ってしまったのです……！」

腕を掴まれただけでおかしな考えにとらわれそうになった自分を否定するように首をぶんぶんと振るマチルダを見て、ケルネールスは深いため息をついた。

「間違いではない。この馬車の行き先は城下で、私はマチルダの案内役だ」

「……っ！」

ヴィルマがついてこない理由はそれか、とようやく思い至ったマチルダは抵抗の無駄を悟り、今度は別の緊張で身体を固くした。

（陛下が一緒だと知っていたら来なかった……どんな顔をしたらいいの？）

城下には行きたかったが、ここ最近足が遠のいているケルネールスと一体なにを話したらいいかわからなかったのだ。先日の突然の不機嫌の理由もわからないままだというのに。

「いいから座れ。出すぞ」

「……はい」

マチルダが座面に腰を下ろすと同時に馬車が動き始める。沈黙が降り積もる中、マチルダはドレスの裾をもじもじと手繰る。

街で浮かなければいいとだけ思っていた服装が、急に似合っているか気になったのだ。

（ヴィルマさんの見立てだから大丈夫だろうけど、陛下の趣味に合うのかな……）

浮ついた思考に耽《ふけ》った自分を罰するようにマチルダは自分の頬をこっそり抓《つね》った。


車窓の景色が流れ始めると、マチルダは少し顔を上げてケルネールスの様子を窺った。幸いケルネールスはマチルダとは反対の窓を見ていて視線がぶつからなかった。

その端正な横顔から感情を読み取るのは難しかったが、少なくとも怒っているようには見えず、マチルダは安堵の息をついた。

（あ、考えようによっては、これは絶好の機会では？）

人伝《ひとづて》に頼んでも駄目だったクリスティーヌとの件を直接頼んでみよう、そう思ったマチルダは心を定め、息を整えた。

「発言をお許しいただけますか、皇帝陛下」

「……許す」

ケルネールスは窓の外に流していた視線をマチルダに向ける。

その瞳はどこか冷たく、奥の方に感情を隠しているようにマチルダには見えた。

「我が姫クリスティーヌ様と、短い時間でもいいのでお目に掛かりたいのです。どうか、ご許可を」

自然と祈るように胸の前で両手を握ったマチルダを、ケルネールスはしばらく無言のまま見ていたがなにかを思いついたように器用に片眉を上げた。

「それはマチルダ次第だ。今日の振る舞いを見て決めよう」

「そ、それはどういう……」

戸惑うマチルダには応えず、ケルネールスは瞼を閉じた。

もう質問は受け付けないといわんばかりの態度にマチルダは黙るしかなく、馬車の中は再び重苦しい空気で満ちたのだった。

仕方なくマチルダは車窓に目を転じる。

さすがに帝国の膝元たる城下町はラムニル国とは比較にならないほど賑《にぎ》わっていた。

人通りもまるで違う。建物も大きく丈夫そうで平民や商家の生活水準の高さが窺えた。

しかし人工物ばかりが目につき緑が足りない、とマチルダは気付く。あったとしても広場を囲む街路樹や大きな屋敷の庭木ばかりだ。

マチルダが見慣れた陽の光が入らないほどの深い森や眼前に迫ってくるような山の峰は、ここにはなかった。賑わいの代償とあれば致し方ないと思いながらもどこか寂しいような気がした。

本人も気付かず眉が寂しげに下がったのを、ケルネールスがじっと見ていた。


馬車を降りるとケルネールスが肘を曲げてマチルダに腕を組むように無言で圧をかけてきた。さすがに辞退しようと口を開きかけたマチルダを先制してケルネールスが早口でのたまう。

「マチルダの態度を見て決めるといっただろう。それに初めての土地で迷子になられては困る」

子供ではないのだからと反論しようとしたが、馬車の中での『今日の振る舞い次第』という言葉が頭を過り、マチルダはおずおずとケルネールスに腕を絡ませる。

直後にケルネールスが脇を締めるようにマチルダの腕を自らの身体に密着させてきた。

「⁉」

驚いて顔を上げたが、ケルネールスは涼しい顔で前を見ている。

意識のしすぎだとマチルダがそっとため息をつくとケルネールスが腕を動かしてマチルダの注意を引いた。

「前を見ないと躓《つまず》くぞ」

「え、……あ！」

段差に気をつけるように言われると同時にその段差に躓いたマチルダは、素早く腰に回された手に支えられる。

「……確か、有能な侍女という触れ込みだったはずだが？」

「し、失礼いたしました！」

躓いた恥ずかしさと、揶揄するようなケルネールスの言葉に顔が火照る。いつもよりずっと気安く掛けられた言葉が熱を冷ますように頬を手で煽《あお》ぐと隣から息が漏れるような音がした。

「？」

「いや、なんでもない」

ケルネールスは反対側の手を口元に当てて明後日の方向を見ている。そちらになにかあるのかと視線を転じたが、特になにもなく、マチルダは首を傾げた。


最初こそ居心地悪く萎縮《いしゅく》していたマチルダだったが、活気溢れる城下町の様子に触れ、徐々に本来のマチルダの姿になっていった。ケルネールスは意外にも市井の様子に詳しく、城内にいるときとは別人のように雄弁に自国への愛を語った。

「わが帝国の民は逞しい。ほら、あそこに架かる橋などは直接皇帝に架橋工事の要望が届けられた」

「まあ！」

「工事の際に実際に現場を訪れたが、王宮から派遣した技師を圧倒するほどの熱の入りようにはおどろかされたものだ」

当時を思い出したのか懐かしそうに語るケルネールスがいやに眩《まぶ》しく見えて、マチルダは目を細めた。

帝国を愛し民を愛しているケルネールスはきっと伴侶をも大事にするのだろう。ケルネールスに愛される女性はさぞ幸せだと思える。

見るもの全てが珍しいマチルダが目を輝かせて散策を楽しんでいると、高級店が多く建ち並ぶエリアに入った。

「このあたりは細工物の店が多い。覗いていくか」

「はい、ムイール帝国は良質の宝石がとれ、その加工技術も随一と伺っております。是非拝見したいです」

優等生のようなセリフが出たが本心だった。

世の女性はムイール帝国産のアクセサリーを身につけることが夢だといっても過言ではない。クリスティーヌもいくつか良質の宝石を持っているが、それは全てムイール帝国産のものであった。

ケルネールスが足を向けたのは、通りでも目立って立派な店構えの宝飾店だった。

通い慣れているのか、戸惑う様子もなく店内を歩く。

ガラスケースの中のアクセサリーはどれも一級品らしく夢のようにキラキラと輝いて、マチルダはほう、とため息をついた。

「なんて素敵な……これなんてクリスティーヌ様にきっとお似合いになるわ。あっ、こちらのブローチもクリスティーヌ様お気に入りの若草《わかくさ》色のドレスによくお似合いに……」

こんなに素敵なところならクリスティーヌと一緒に来たかった、と思いながらマチルダは宝石を目に焼き付ける。

ここで買えなくてもクリスティーヌに似合うデザインを覚えてあとで提案したいと思ったのだ。

ガラスケースの中に熱中するあまり、いつの間にか組んだ腕に力が入り、それを横目で見たケルネールスがニヤニヤと口元を綻ばせた事にマチルダが気付かずにいると、オーナーらしき人物が極上の笑顔で近付いてきた。

「若旦那様いらっしゃいませ。本日はどのようなものをお探しですか？」

慇懃《いんぎん》な物言いにはどこか恭しさが含まれているようで、マチルダはこのオーナーがケルネールスのことを知っているのだと直感した。

「この者に似合うものを一式見繕ってくれ」

「え⁉」

まさかの発言にマチルダが大声を出すとケルネールスがピクリと片眉を上げた。

騒いで目立つようなことをするなといいたいのだろう。

マチルダは口をへの字にしてから、ゆっくりと口を開いた。

「あの、わたしは拝見するだけで買うつもりは……不相応ですし」

クリスティーヌならいざ知らず、自分は一介の侍女で自国に帰っても結婚の持参金にすら困るような低位貴族である。

大陸随一の品質を誇るきらびやかな宝石に飾られるような身分ではない。

新手の嫌がらせかと隣のケルネールスを見ると眉間にしわを寄せてマチルダを睨んでいた。しかしその眼力に負けて「では頂きます」と言える度胸はマチルダにはなかった。

ケルネールスがなにを考えているのか、マチルダには全くわからなくて困惑ばかりが積み重なる。

「金の心配をしているなら無用だ。この程度で軽くなる私の財布ではない」

それはそうだろう。大国ムイール帝国の皇帝ともなればこの宝飾店の品物を全て買い上げてもお釣りが来そうだ。

しかし、それとマチルダが施しを受けることはイコールで結ばれない。

あとで請求が来ても困る。

マチルダはなんとかケルネールスに理解してもらおうと言葉を探して視線を彷徨わせるが、先にケルネールスに言い負かされてしまう。

「安心しろ、単なる日用品だ。今日の記念に受け取ってほしい」

決して高価なものではない。

そう言われるとマチルダにはもう手が残っていない。あまり固辞するのも逆に失礼だろう。それに『今日の記念になる』という言葉がマチルダに響いた。

「お心遣い痛み入ります……ならば、一つだけ」

「では、お嬢様はこちらへ」

オーナーは慣れた様子でマチルダを奥のソファに案内し、係の女性にマチルダを引き継ぐと、自分はケルネールスと反対側の扉から中に入っていった。

＊＊＊

「可愛らしいお嬢さんですねえ」

意味深な視線で見られ、ケルネールスは目を眇めた。その鋭さに、オーナーはおお怖い、と肩を竦めるが、本当に怖がってはいないようで口元を緩めた。

「余計なことは言わなくていい。変化はないか」

「若旦那は照れ屋ですねえ。いいデートコースを教えましょうか？」

ニヤニヤしながらも、オーナーは「宰相殿が気になりますね」と呟く。

「宰相？　どういうことだ」

思わぬ名が出た事にケルネールスが身を乗り出すと、オーナーは声を潜めた。二人の他は室内に誰もいないというのに念の入った事だ。

「最近陛下がご執心の、あの子猫ちゃんが、お気に召さないようですよ」

ケルネールスは顎に手を当てた。確かに国益が、身分が、とブツブツ言っていたのは知っているが、それでも宰相はマチルダを表だって排除するような動きはしていなかった。ケルネールスは彼よりも歓迎の宴の件で、スライリ国のカドミーナ王女がマチルダを敵視して害をなすのではないかと心配していたのだ。

「宰相か……」

「あのおっさんは陛下の事を盲信してるから……もっと動向に気をつけないと、なにかあってからでは遅いですよ。あの子を手に入れたいんでしょう？」

城下にいながら城内のことを全て把握しているようなこの男は、戦場でケルネールスとともに戦った戦友であった。

諜報《ちょうほう》に優れた能力を発揮する有能な部下でケルネールスも重用していたのだが、怪我のため引退して家業を継いだ。今は定期的に訪れて城の外から見た帝国の姿を第三者の目で見てもらっている。中枢にいてはなかなか気付かないこともあるのだ。

「それに、来たついでに商品を買ってくれるのはありがたいんですが、なにも御自ら外に出てこなくても部下に調べさせればいいじゃないですか。有能なの飼ってるんでしょ」

確かにケルネールスには頼りになる護衛騎士団もいれば、影と呼ばれる隠密《おんみつ》部隊もいる。オーナーの言うことはもっともだった。しかしケルネールスはここに来る必要があった。

「ああ、あのお嬢さんとデートがしたかっ……」

「おかしなことを言うな。中にいると見えない事があるからだ。そのためのお前だろう」

眉間にしわを寄せて鋭い視線でオーナーを刺すが、その目尻がほんのり朱を帯びている。それに気付かないふりをしてオーナーはハイハイとなおざりに返事をして窓の外を見た。

＊＊＊

ケルネールスの姿が見えなくなるとマチルダは詰めていた息を吐いた。ずっと緊張していたのだと今更のように自分でも気付く。

「お嬢様は肌がきめ細やかで美しいのでどんな色もお似合いになりますわ」

「ええ、ええ！　特にサーモンピンクのものが映えるのではないかしら？」

女性店員はマチルダの首元や耳元にアクセサリーを宛がいながら自分のことのように乗り気であるが、マチルダは冷や汗をかきながら小声で囁《ささや》く。

「あの、……へい……若旦那様はあのように仰っておりましたが、あまり高いものではなく、可能ならよく出来たフェイクとかがあればそちらを」

懇願するように下から覗き込むと女性店員たちは顔を見合わせてニタリと笑った。

「ご安心ください、ここにはフェイクは一切置いてありません。日用品、とはまあ、うふふ。毎日身につけてほしいための方便でございますわね。でも、お嬢様？　若旦那様はこちらによくいらっしゃいますけど、女性をお連れになったのは初めてなんですよ？……この意味、おわかりですよね？」

意味などわからない、とマチルダが首を横に振ったが、「またまた、お上手なんだから」と本気にされない。

それどころか更に激しくきゃあきゃあ言いながらきらびやかな宝石を次から次へと出してきては、マチルダにどれがいいかと迫るのだった。

（必要以上の華美を好まない姫様の気持ちが、今ならよくわかる）

しばらくキラキラしたものは見たくないと思うほどに疲労困憊《ひろうこんぱい》したマチルダは結局どれも決められず、女性店員がお勧めしたものをのちに合流したケルネールスが吟味して三セットほど購入することとなった。

「ひ、一つという話では！」

まさか三セットも買うとは夢にも思わなかったマチルダは今度こそ必死にケルネールスに縋り付いた。

不相応どころの話ではない。

こんなもの身につけていたら緊張で息もできない。顔色を悪くするマチルダを無表情に見ていたケルネールスは、その中からサーモンピンクの宝石がついたネックレスを手に取り、戸惑うマチルダを飾った。首元のひやりとした感覚はそのまま緊張感に繋がった。

「なるほど、よい見立てだ。腕は確かだな。マチルダによく似合っている。今日の記念に相応しい」

「……！」

ケルネールスの直接的な褒め言葉に、マチルダは瞬時に顔が熱くなるのを感じた。必死にお世辞だと言い聞かせるが顔は勝手ににやけてしまう。

「まあ、ありがとうございます！」

女性店員は頬を赤らめて喜ぶ。その姿を見てケルネールスはマチルダに視線を送る。「この者たちの仕事を蔑《ないがし》ろにするのか」……そうマチルダに問うている瞳に否とは言えなかった。

「あ、……ありがとう、ございま、す……」

多大な照れとともに賛辞を受け入れたせいか、冷たいチェーンがマチルダの肌に馴染《なじ》むのは思ったよりも早かった。


移動をするというので再び馬車で向き合ったマチルダはネックレスを気にしながら、まじまじとケルネールスを観察した。

地位も権力も、美貌も財産もなにもかもを持っているムイール帝国の皇帝が自分のような小さな存在を視界に入れるというこの違和感。

これがマチルダではなくクリスティーヌだったら理解できる。

帝国とは比べるべくもない小国ではあるが、気品と美貌を兼ね備えた王女であればきっとそばに置いて離したくないと思うものだろう。

しかしマチルダは謙遜《けんそん》ではなく、クリスティーヌへの忠誠心以外にそこまで突出したなにかを持っているわけではない。皇帝に無礼を働く珍獣を揶揄《からか》おうという趣向にしては戯《たわむ》れが過ぎると感じていた。

「……言いたいことがあるなら言うがいい」

不躾《ぶしつけ》に見すぎたのか、ケルネールスが眉間にしわを寄せて視線を上げる。

マチルダはさっと視線を逸らし、小さく呟く。

「あの、本当に申しわけありません」

口を開いても気の利いたことも言えない。本当なら謝罪よりも感謝を述べたほうがいいのはわかっているが、どうしても卑屈な気持ちが拭い去れない。

クリスティーヌとならぽんぽんと小気味よい言葉の応酬ができるのに、ケルネールスとはそれができない。

マチルダは、ぐ、と唇を噛んだ。

「いったいなにに謝っているのだ」

声が硬い。

ケルネールスが気分を害しているのを感じてマチルダは緊張した。

未だにケルネールスの心の琴線《きんせん》がどこにあるのかわからない。

手探りでそれを弾《ひ》いてしまわないよう、マチルダは慎重に言葉を選んだ。

「陛下に、余計な出費をさせてしまったからです。陛下にとって最低限の身だしなみかもしれませんが、わたしには過ぎた装飾です……あの宝石に見合う人間とは思えませんし」

頑張って選んでくれた店員たちには申し訳ないと思いつつマチルダは、自分は飾られるよりも飾りたい側なのだと知っていた。

「余計な出費かどうかは私が決めること……宝石はマチルダによく似合うと思ったから購入したまでのこと」

さらりとのたまうケルネールスに、マチルダは頬が熱くなるのを感じた。

「お、お戯れを。あのように可憐な宝飾品はクリスティーヌ様のような美女にこそ似合うもの……」

期待してはいけない、と自分に言い聞かせるが、心はどんどんと嬉しさで膨らんでいく。

ケルネールスが似合うと言ってくれたその事実がこれほどまでに心を浮き立たせることに戸惑いながら、喜びを隠しきれない。

「王女には王女の、マチルダにはマチルダの美しさがあろう。お前はどうも自分を小さく見ているようだな。私に口を挟むなと言い放ったときの威勢の良さはどうした」

「あれは……」

「……そんなに気になるなら対価を頂くとしよう」

「あっ！」

抵抗する間もなく抱き竦められ、唇が合わせられる。すぐに熱い舌が差し込まれ、マチルダのそれに絡みついた。

擦り合わされ歯列を丁寧になぞられると背筋が戦慄く。

ケルネールスがマチルダを抱く腕を強め、あたかも想《おも》い合う恋人のように寄り添う形になる。マチルダは場違いにも胸がときめくのを感じた。

「……って、ふ、あ……っ」

思うさま口腔《こうこう》を貪《むさぼ》っていたケルネールスがようやくマチルダを解放した。首を反らして、大きく口を開けて息を吸ったマチルダが安堵したのも束の間、今度はその首筋に舌が這わされた。

「……っあ、……んんっ」

それは食い破ろうとするものではなかったが、ただ快楽を与えるものよりは幾分激しかった。ねっとりと舌を這わせ吸い付き、鎖骨に歯を当て徐々に官能の色を濃くしていく。

そうなるとマチルダとて平静ではいられない。

緊張から官能への温度差の激しさがより早く身体の奥に火を付ける。

それはじわじわと胎内を炙《あぶ》り、淫らな蜜を滴らせる。耐えきれず腿を擦り合わせると目敏《めざと》いケルネールスはマチルダのドレスのスカートをたくし上げ、手を脚の間に潜り込ませる。

「や、……駄目です……こんなところで……っ」

諫《いさ》める声に力はなく、意図とは逆に男の劣情を煽る。下着越しに秘裂を上下になぞられ思わず戦慄いた腰に気付き、ケルネールスが、ふ、と息を漏らす。

「身体のほうがよほど正直だ……もっと素直になれ」

「っ！」

まるで淫らさを肯定されたような気がして、マチルダは息を呑んだ。

なぜか胸が締め付けられるように苦しくなり、下腹部がきゅんと鳴いた。ぶわりと感情が溢れ、涙が零れそうになる。

しかしその瞬間、馬車が停《と》まった。

「……降りるぞ」

「……、え……？　あ……」

マチルダは戸惑いながらもケルネールスに従い、馬車を降りる。

このまま馬車の中で致してしまうのかと思っていたマチルダは肩透かしを食らった気分だった。

（いえ、あんなところでされても困るから、回避できてよかったんだけど……でも、なんだかモヤモヤする）

降りた先は緑の濃い公園だった。

きちんと手入れされた芝と考えられ配置された木々の群れが美しい。マチルダは久しぶりに緑に包まれてほっとしつつ、この公園に妙な既視感を覚えた。

（なんだろう、初めて来たところなのに知っているような……）

既視感の正体を探ろうとキョロキョロしているとケルネールスが口を開く。

「ここは風光明媚《ふうこうめいび》だと名高いラムニルの景色を模して造られた公園だ」

「まあ、それで。どこか見覚えがある気がしたのです。さすがムイール帝国の造園技師は素晴らしい能力をお持ちですね。連れてきてくださってありがとうございます、陛下」

既視感は正解だった。マチルダはひとときラムニルに戻ったような心地になり、頬が緩んだ。しかし次の瞬間急に腕を引かれ、一際大きな木の幹に背中を押し付けられた。

「きゃ……！」

「……そんな顔を、誰にでも見せているわけではないだろうな？」

低く凄《すご》んだケルネールスが再び唇が触れるほど顔を近付けてきた。マチルダはあまりに急な出来事に目を白黒させる。なんのことを言われているのか図りかねているとケルネールスは再び口を開いた。

「せっかく我慢したというのに……私の前以外でそんな顔で笑うのは禁止する」

どんな顔ですか、と混乱しているとケルネールスは長い足をマチルダの足の間に入れ閉じられないようにし、股を強く押し上げた。そこはさきほど触れられたときの熱が引いておらず、しっとりと潤んでいた。

「ひ、あぁ……っ！　なにを……、やっ」

急いたようにドレスの裾を絡《から》げながら自らの足をあわいに擦りつけるケルネールスは性急で、マチルダは再び混乱する。

彼の考えていることがわからない。

まさかこのまま外で……馬車の中よりも状況が悪くなったことに気が動転する。しかしあとに続くであろう行為を知っている身体は甘く疼《うず》く。誰かに見られてしまう、と焦れば焦るほどに気分が淫らに高まっていく気がした。

大きな手のひらで胸を揉みしだかれると乳嘴が硬くしこっていくのがわかる。いつもならば摘まみ転がされ舐《ねぶ》られるそこが、今日はきっちりとコルセットを着けているためそれ以上刺激されない。焦燥感に身を捩るマチルダは新たな刺激に息を呑む。

ケルネールスの指が下着の上から花芽を、ぐ、と押し潰したのだ。

「あっ！……お、おやめください……陛下……っん、あ……っ」

既に敏感になっている花芽に蜜が塗りつけられ摘まれると、マチルダの口からはしたない声が漏れた。

「は、やぁ、……ああ――っ！」

身体をビクビクと震わせて極《きわ》まる。まるで火でもついたように瞬時に身体が熱くなり、皮膚がじっとりと汗ばんだ。とろりと淫蜜が垂れ、下着を濡らしたが、それを気にする余裕もなく、マチルダは荒く息をついた。

「あ、……っ、はぁ……っ」

「……」

極まった後で思考がおぼろげなマチルダは、これで終わりかと思い勝手に安堵したが、すぐにケルネールスの長い指が器用に下着を下ろし、濡れたあわいに差し込まれ嬌声《きょうせい》を漏らす。

「ひゃ、あぁっ！　陛下、……ちょ、今まだ……ん、あっ！」

達したばかりで敏感な中をぐちゅぐちゅと掻き混ぜられ、淫らな音が喘ぎ声と重なり耳を辱める。膝から力が抜け尻餅をつきそうになったマチルダの手をケルネールスが取って肩に掴まらせる。

「くそ……なんてことだマチルダ……　どこまで私を翻弄する……っ」

その間もケルネールスの片手はマチルダの秘裂を解し続けている。体勢が変わると指が当たる箇所が変わって腰が揺らめいてしまう。マチルダは言われたとおりに肩に掴まったがそれでは耐えられなくなり、無意識にケルネールスの首に両腕を回して耐えた。

「……んっ、あっ、あぁ……っ」

快楽が濃く溶けた息がケルネールスの鼓膜を揺らしていることにも気付かず、マチルダは沸騰しそうな意識でなぜ自分はこんなに動揺しているのか、と考えていた。

以前のマチルダなら怖いものはクリスティーヌに嫌われることだけだった。しかし今は信じられないくらいケルネールスの言動に翻弄されている自分がいることを自覚していた。

帝国に来てから……もっと言えばケルネールスに会ってからだ。

「……っ、入れるぞ」

ケルネールスの声がとても近くで聞こえた。いつの間にか前をくつろげたケルネールスが熱い昂《たか》ぶりをマチルダの秘裂に擦りつける。

既にそれを何度も受け入れたマチルダは、少しの痛みと、それよりも更に大きな快感が訪れることを知り、ゴクリと喉を鳴らした。マチルダの喉が上下したのを見てケルネールスは口角を上げ、唇を湿らせた。そしてギチギチと昂ぶった雄芯の切っ先を肉襞に潜り込ませた。

「ふ、……あぁ、あっ！　ひ、あ……っ」

「……くっ、マチルダ……っ」

マチルダの中はいつも狭く、ケルネールスを拒むように締め付けてしまう。

しかしそれを宥《なだ》めすかされながらみりみりと隘路を進まれ、とうとう互いの腰骨がぶつかるまですっかり収められてしまうと中は抱き締めるような締め付けに変わる。

ケルネールスがゆるゆると腰を使い、奥をリズミカルに捏ね回すと雄芯を離すまいとして絡みつく。全てが無意識にしていることだが、身体はもうそのように、ケルネールスの形を、そして強さを記憶していた。

「んんっ、あ……はぅ……っ」

奥の奥まで突き入れようとする勢いのケルネールスに下腹を圧迫され苦しいが、それでもそうやって密着すると熟れた秘芯が腹で擦れ、中とは違う快感が生まれるのをマチルダは知っていた。

しかし寝台ではなく野外で、しかも不安定な体勢での交合ではその快感が思うように得られず、すぐそこにあるのに手に入らないいじれったさに、マチルダの秘芯は切なく啼《な》いた。

（あと少し……ほんの少しなのに……っ。そっとしたらバレないかも……いいえ、大丈夫よ、きっとバレないわ）

理性が本能をだいぶ下回った状態のマチルダは妙な自信を持ってそっと腰を動かす。ざり、とケルネールスの髪の色と同じ下生えがマチルダの秘芯を刺激した。

「んっ！」

甘い痺れがそこから全身に広がっていくようで、マチルダの皮膚は粟立った。

そしてさきほどよりももっと大胆に腰をくねらせると、ケルネールスの動きが止まった。どうしたのかと胡乱《うろん》な視線を向けると右足の膝裏を掬われ大きく足を拡《ひろ》げさせられた。

「あっ、や、……なに……っ」

「自分から腰を振るほど物足りないのなら、そう言え。こちらも手加減はしない……っ」

関節の可動域ギリギリまで開かされ、更にケルネールスが腰をぶつけるようにしてマチルダを抉《えぐ》る。

今まで最奥だと思っていたところよりももっと深いところをノックされたことが信じられなくて、マチルダは息を呑んだ。じゅぶじゅぶと淫らな水音がさらに大きく届いて、目の前に星が飛ぶのを見た。

「や、……ひあ、……これちゃ、う……！」

「マチルダ……っ」

明滅するそれはまるで意識を失うまでのカウントダウンだ。

突き入れ引かれ、更に奥を突こうと貪欲に腰を使うケルネールスの乱れた吐息の合間に、自分の名前が呼ばれるのを聞きながら、マチルダは不思議な気持ちになっていた。

（こんなことをされているのに……わたし、なんで胸がいっぱいなんだろう……陛下に名前を呼ばれると身体の底から切なさが湧いてくるのは……なぜなの……？）

訊《き》いてみたい。

ケルネールスに、なぜこんなことを繰り返すのか、どうしてこんなに切ない声で名を呼ぶのか。途切れそうになる意識の中で、マチルダは喘ぎ声とともに自分を穿つ者の名を、初めて呼んだ。

「ケ、ケルネー、ルス……さ、ま……っ」

「っ！　マチルダ……っ」

雄芯がぐぐ、と質量を増し先端がマチルダの最奥に押し付けられる。

明滅していた目の前の星が光を増して、マチルダの視界は真っ白に塗りつぶされ、唐突にバツン、と途切れた。

＊＊＊

初めて名を呼ばれた。『陛下』ではなく『ケルネールス様』と、初めて。

ケルネールスは予想外に溢れる歓喜と、柔らかくもきついマチルダの締め付けにあっさりと白濁を放ってしまった。

どくどくと愛する者を満たしていく感覚に、ケルネールスは思わず声を漏らす。

「あぁ、……素晴らしかった。マチルダ……愛し、て……マチルダ？」

このタイミングが相応しいとは到底思えなかったが、ケルネールスは心のままに腕の中のマチルダに愛を告げた。しかしそれに対する反応がない。

ないどころか今まで首にしがみついていた手が外れ、マチルダが倒れ込んできた。

「マチルダ!?」

抱き起こすとマチルダは意識を飛ばしていた。

ケルネールスは慌ててマチルダの肩を揺さぶった。しかしマチルダは完全に気を失っているようで、ほんの少し呻いただけで目を覚ます様子はない。

ケルネールスは呼吸と脈を確認し、それらが止まっていないことに安堵した。

「また、無理をさせてしまったのだな」

マチルダのおかげで鎮まった雄芯を抜くと、中からとろりとした白濁が垂れた。それを手早く処理するとマチルダのドレスの乱れを整え、自分も身繕いする。

その間も目を覚まさないマチルダの顔を見てケルネールスは自分の口元が緩んだのに気付いた。

マチルダが名前を呼んでくれた。そのことが妙に嬉しくてマチルダの細い身体を抱き締めた。徐々にマチルダとの距離が縮まっているように感じたのだ。このままマチルダといい関係を築いていずれは皇妃に……。ケルネールスはにやける口元を押さえることができないままマチルダを抱き上げた。

この細く頼りない肢体が、それでも求めれば応えてくれるのが愛しくてたまらなかった。木陰からマチルダを抱き上げて現れたケルネールスに、不穏な空気を感じて距離を置いて控えていた侍従が慌てて飛び出してきた。

「陛下、あまり屋外では……、あっ、マチルダ様はどうされ、……いえ」

濃い情事の痕跡が隠しきれないケルネールスを見れば、なぜマチルダが気を失っているのかなど訊かなくてもわかること。

皇帝がこの小国の侍女のことをいたく気に入っていることは既に侍従達の知るところとなっている。

今まで人を引きつけながらも必要以上に懐に入れない孤高の皇帝だったケルネールスが、唯一執着を見せたこの侍女は今や注目の的である。

寝室に閉じ込めたかと思えば必要以上に人が近寄らない愛獣シューリー専用の西棟に居室を設け、シューリーの檻に入ることを許可し、誰にも許さなかった皇帝の庭を自由に歩かせる。

破格の待遇ながら、当の侍女は寵愛《ちようあい》を喜ぶどころかつれない様子。

侍女の態度に呼応してケルネールスの機嫌は上がったり下がったりする。侍従としては完璧な皇帝にも人間らしい一面があったのだと安心しているが懸念も多い。

「マチルダ様をお運び致します」

皇帝の手から『荷物』を預かろうと手を差し出したがケルネールスはそれを無視して馬車に向かって歩を

進める。

「構わん。今日はこのまま帰る」

予定通りであれば散歩のあとは劇場で観劇、その後はレストランを貸し切っての食事、そしてアフタヌーンティーまで計画していたはずだが、それを全てキャンセルするということだ。

侍従は各方面に連絡を取らなければと瞬時に考えを巡らせながら頭を垂れて、馬車に乗り込むケルネールスに従った。

その後ろ姿をこっそり眺めながらひとりの女人に振り回されている皇帝のほうが、好感が持てると思っていた。

＊＊＊

夜中に寝苦しくて目が覚めたマチルダは、自分が西棟の居室にいることを知った。

そしてこの寝苦しさの正体はケルネールスであることも理解した。背中から抱き込む力強い腕と、仄《ほの》かに香る高貴な香りに覚えがあった。

（ああ、わたし……公園で、そのまま）

野外での激しい交わりを思い出し頬が熱くなる。

ケルネールスは女性に不自由している様子もないのになぜ自分をここまで求めるのか。もっと美しく従順な女性はたくさんいるだろうに。

マチルダは自分の容姿や性格をおよそ正確に把握していた。

とても皇帝に気に入られるようなレベルではないと承知している。

（なぜ陛下はわたしを……、わからないわ）

背後からは安らかな寝息が聞こえてきている。ケルネールスは熟睡しているようだった。

マチルダはこのまま腕を抜け出そうとして、ふと思いついて口を開く。

「……陛下、皇帝陛下」

小さく囁いてみたが、ケルネールスは起きる気配がない。

マチルダは念のためにもう一度呼んでみた。

「陛下……ケルネールス様……」

今度はもっとさやかに。吐息のようにそっと空気を震わせる。息を詰めて返答を待っていたマチルダだったが、ケルネールスは反応しなかった。

マチルダは心の中でゆっくり三十まで数を数えてようやく息を吐いた。完全に寝入っているのだと安心して、身体を静かに反転させケルネールスと向き合う。

（うっ！　この美貌、暴力的！）

今は印象的な瞳を見ることはできないが、そのおかげでマチルダはまじまじとケルネールスを観察した。

意志の強さを感じさせる、形のよい眉。女性にも負けない長さと密度を誇る睫毛。高い鼻梁《びりょう》は嫌みなくスッと通っているし、唇は艶やかだ。

そのパーツが絶妙な配置でそれぞれが最高の仕事をして、ケルネールスの美が作られている。

まさに神の御技《みわざ》といえるだろう。

穴が開くほど凝視しているマチルダが、ため息とも吐息ともつかない息を吐く。

(どうしよう……いくら見ていても飽きない……目が離せない)

背後の窓に朝の気配がやってきても、マチルダはケルネールスの寝顔を見続けた。

眠気はあったが、瞼を閉じてしまうのがもったいなかったのだ。やがてケルネールスの瞼がピクリと痙攣《けいれん》し眉が顰められた。目が覚めそうな兆候を感じてマチルダは慌てて目を閉じた。

本当は背を向けてしまいたかったが、今身体を動かしたら間違いなくケルネールスは目を覚ましてしまうだろう。マチルダは安らかな眠りについている風を装った。

「……っ。……、マチルダ?」

しばらくしてケルネールスが目を覚ましたのか、マチルダの名前を呼んだ。

その寝起きの声が掠れていて思わず顔がにやけそうになるが頑張って表情筋を動かないよう、かつ安らかに眠っているように努めた。すると、ケルネールスが、ふう、とため息をついて身を起こす気配がして、マチルダに回されていた腕が離れた。

(……あ)

ケルネールスの体温が思いのほか自分に馴染んでいたことに今更ながら気付いたマチルダは、離れていくぬくもりに寂しさを感じた。

だが、それはすぐに降ってきた口付けに相殺《そうさい》されることになる。

ケルネールスがマチルダの顔に掛かった髪を寄せると、覆い被さるようにして額にキスをしたのだ。

「昨日は無理をさせてしまったからな……ゆっくり休むといい」

ちゅう、と可愛らしい音がして隣にあった熱源が遠ざかっていく。

ぶるぶると震えそうになる身体をなんとか制御していたマチルダは、扉が閉まる音とともに止めていた息を吐いた。

（は、……な、なんなの⁉　あの甘い声……っ）

突如として動悸息切れ目眩に襲われたマチルダはそのまま枕に顔を伏せた。しばらく手足をばたつかせて悶えていたが、夜中からずっとケルネールスの顔を眺めていたせいもあり、いつの間にかそのまま寝入ってしまった。

第三章　王女と嫉妬

起きたときに盛大に腹の虫が鳴いたのをヴィルマに笑われてしまったマチルダは顔を赤くしながらパンをちぎった。

「そういえば陛下がマチルダ様と一緒にクリスティーヌ様とお茶会をするそうですね」

よろしゅうございました、とニコニコするヴィルマに、マチルダは手にしていたパンを取り落とした。

「えっ、そ、そうなんですか？」

思わず椅子から立ち上がり大声を出してしまったマチルダは、自分の無作法さに気付き謝罪の言葉を口にして腰を下ろし直す。ヴィルマは、あら、と目を丸くしてから思案顔になる。

「既に陛下からお聞き及びかと思っていたのですが……たいへんだわ、マチルダ様を喜ばせようとする陛下の先を越してしまったわ……打ち首かしら？」

肩を竦めるヴィルマにマチルダは慌てて首を横に振る。

「そんな、打ち首なんてとんでもない！　それに順序など別に陛下はお気になさらないでしょう」

その勢いにヴィルマはとうとう噴き出した。

「ぷっ、うふふ、冗談ですわ。打ち首などムイールではもう行われていませんわ」

コロコロと笑うヴィルマにマチルダはほっと胸を撫でおろす。そんなマチルダの様子を見て、ヴィルマは真面目な顔をする。

「でも、陛下がマチルダ様を喜ばせたいのは本当です。さ、陛下に喜んでいただけるように素敵なドレスに着替えましょう」

そう促されてマチルダははにかんだ。

いつもならば陛下がわたしの装いなど気にするわけない、と曖昧に笑うところだったが、心境に変化が出てきた。もし素敵なドレスを着たら、起きているときにあのような甘い声で名前を呼んでもらえるかしら？

そんなことをぼんやりと考えていると、口元を緩ませているヴィルマと目が合った。

その視線に自分の考えが透けてみられてしまったような気がして、マチルダは慌てて言い募る。

「あの、別にわたしはそんな……っ」

激しく否定したが、それは逆効果だったようだ。ヴィルマは「ええ、ええ、承知しておりますよ！」と腕まくりをしてから色とりどりのドレスをマチルダの目の前に広げた。


マチルダが素敵だと思うものは、クリスティーヌに似合うものだ。

一番美しいのはクリスティーヌなのだから、クリスティーヌに似合うものが一番優れているに違いない。

マチルダは侍女になってからずっとそういう基準でドレスを見てきた。

だから自分は華やかなものが似合わないのだと思っていた。しかし、姿見の前の自分はまるで別人のようだった。

「あら、これもお似合いだわ……迷ってしまいますね」

ヴィルマは楽しそうにマチルダを着飾る。マチルダも知らない間にクローゼットに詰め込まれたドレスは後から後から出てきていったい何着入っているのか、訊くのも恐ろしいほどである。

「あの、……どれも素敵なので……」

どれでもいい、と言いかけたマチルダだったが、ヴィルマの鋭い視線に言葉を呑み込んだ。

「いいえ、女性は褒められるとより綺麗になる生き物なのです！　マチルダ様もご自分を卑下なさらず褒められる快感を覚えてくださいませ！」

褒められるのは楽しいものですわよ、とヴィルマはそこから更に悩んで、シェルピンクのドレスを持ってきた。それは朝焼けに染まる雲のようでマチルダは思わず見惚《みほ》れてしまう。

「まあ、なんて素敵な……きっとクリスティーヌ様によくお似合い……」

「いいえ、これはマチルダ様に似合うドレスですわ！」

ヴィルマは躊躇うマチルダを強引に着替えさせ、髪を緩くまとめて手早く化粧を施した。

こんな可愛らしいドレスはきっと自分に似合わない。そう思って顔を曇らせたマチルダだったが、ヴィルマが満足そうに出来ました！　という声に反射的に顔を上げる。

「……わあ？」

そこにはマチルダの知らない『マチルダ』がいた。

物言いのきつい自分には決して似合わないだろうと敬遠していた淡い色のドレスがしっくりと……有り体に言えば似合っていた。しかしそれを口に出すのは憚《はばか》られた。戸惑うマチルダが否定的な言葉を口にする前にヴィルマは彼女を急かして部屋を出た。

クリスティーヌとの面会はサンルームが指定された。そこにケルネールスも同席するのだという。マチルダは今更ながら着飾った自分が恥ずかしかった。しかしどこかで期待している自分もいるのを感じていた。

(陛下は、なんと仰るかしら)

久しぶりにクリスティーヌに会えるというのにこんなに浮ついた気持ちでどうするのかと、自らの頬を叩いて気合いを入れる。ヴィルマの先導でサンルームに入ると、鈴が転がるような笑い声が聞こえた。それはマチルダの耳に良く馴染んだ、クリスティーヌの声だった。

(ああ、クリスティーヌ様……!)

逸る気持ちを抑えきれず早足になるが、あと少しのところでマチルダの足が止まった。

クリスティーヌの向かいにケルネールスが座り、楽しげにお茶を飲んでいるのが見えたのだ。確かにケルネールスも同席するという話だったので、それ自体は不自然ではない。

しかしマチルダの足はどうしてもそれ以上進めなかった。

目に映るその光景があまりにも完璧だったのだ。

敬愛する美しいクリスティーヌと、ケルネールスが微笑みあっている。待ち望んでいた未来が目の前にあって、マチルダは愕然《がくぜん》とした。

喜びの前にどす黒い靄《もや》が胸に広がったのだ。

微かに頬を染めて笑う美しいクリスティーヌ。

穏やかにカップを傾けるケルネールス。

クリスティーヌが皇妃になればこれが日常になるのだろうと思われる喜ばしい場面。

しかし、マチルダは喜べなかった。敬愛するクリスティーヌの笑顔を見て胸が痛んだ。黒い靄はどんどん濃さを増して、身体中が黒く染まってしまうのではないかと思うほどにマチルダを満たした。

「マチルダ様？」

半歩先を歩いていたヴィルマが異変に気付いて振り返った。

自分の醜い感情を問いただされたくなくて、マチルダは踵を返して走り出した。ヴィルマが驚いたようにマチルダを呼ぶ声が聞こえたがそれに応えることができなかった。

護衛騎士のライオスが止まるように言ったのが聞こえたがそれも無視して走った。徐々に視界が歪み、涙が零れてきた。

（わたし、なんてことを……！）

マチルダは西棟のシューリーの部屋に駆け込んで中から鍵をかけた。お気に入りのカーペットの上で昼寝をしていたシューリーが顔を上げて目が合った瞬間、マチルダの感情が爆発した。

「……っ！　シューリー！　うう……っ」

シューリーの首に腕を回し、その柔らかな毛皮に顔を埋めてマチルダは泣いた。

自分が信じられなかった。

敬愛するクリスティーヌに対してあんなに醜い感情を抱いてしまった自分が許せなかった。そう、マチルダはクリスティーヌと一緒にいるケルネールスに嫉妬したのではなく、ケルネールスと一緒にいるクリスティーヌに嫉妬したのだ。

（もう、消えてしまいたい！）

もうクリスティーヌに顔向けできないと思うと、マチルダの胸は更に痛んだ。

再びクリスティーヌに会うことを心の支えにしてきたマチルダは世界が終わったような気持ちになっていた。今日世界が終わっても構わない、いっそ終わらせてくれと泣き続けるマチルダの頬を、ちょいちょいと遠慮がちに肉球が触れた。

「……シューリー？」

涙に濡れた顔を上げると、心なしか心配そうな目をしたシューリーがざらざらした舌でマチルダの頬を舐めた。

慰めてくれているのだと思うと、心がほわりと温かくなったが、マチルダの顔はすぐに強ばった。

「いた、……あの、もういいから……シューリー、ありがとう……いたた」

毛繕いには大いに役に立つざらざらの舌が化粧どころか皮膚まで削り取ってしまったのではないかとマチルダは苦笑する。シューリーは言いたいことを理解したのか舐めるのをやめ、前足をマチルダの腕に置くとまるで子猫を抱くようにして頭をすり寄せた。

喉をゴロゴロと鳴らして長い尻尾をぱたん、ぱたんと拍子を取るように揺らすのを見て、マチルダはまた少し泣いた。

程なくして扉の向こうが騒がしくなった。

ドアノブを回して開かないとわかるや、扉を荒々しく叩く音がする。シューリーの部屋にそのようなことをするのはひとりしか思いあたらなかった。

「……陛下」

マチルダはまだ心の整理がついていなかった。

自分の中のどす黒い感情ともまだ向き合うことすらできていない。しかし、せっかくのクリスティーヌとの面会の機会をふいにしてしまったことは謝罪しなければならないだろう。

クリスティーヌと楽しそうに談笑していたが時間を台無しにされた皇帝は恐らく立腹しているはずだ。どんな顔をしたらいいかわからないままだったが、マチルダは涙を拭いて立ち上がった。

鍵を開けなければ。

しかし鍵は開けずに済んだ。もの凄い音がして扉が破壊されたのだ。

「な……⁉」

ばきばき、と重厚な扉が薪《まき》にもならないほどに粉砕されていく様子をあんぐりと口を開けたまま見ていると、取手の金属に刃物が当たったのか、ガギン、といやな音がした。

木っ端と化した扉の隙間からギラリ、と光を反射したそれは、恐らく壁を雄々しく装飾していた戦斧《せんき》だろう。

（ひえええ！）

恐れ戦《おのの》くマチルダは隣にいるシューリーにしがみついた。

シューリーは慌てることなく、クワア、と大きな欠伸《あくび》をした。

「……マチルダ、なぜ逃げた！」

鍵の掛かった取手部分が吹き飛び、その反動で扉が開いた。

そこにいたのはもちろんこの暴挙を働いた本人であるケルネールスだった。

その背後には顔を青くしたヴィルマや護衛騎士のライオス、西棟に働く面々、それにクリスティーヌとファースもいた。

恐らくマチルダを心配して来てくれたのだろうが、息を乱して大きな戦斧を派手な音と共に放り投げるケルネールスは鬼気迫っていて恐ろしかった。

マチルダは泣き濡れた顔を隠す余裕もなく、身体中の血が下がるのを感じた。ヴィルマが口にした打ち首、という言葉が頭にちらつく。大帝国の皇帝を蔑ろにしたのだ。そうなってもおかしくはない。

ならば、ケルネールスが木屑《きくず》を踏みながら近付いてくる足音はさながら絞首台へ誘う葬送曲か。

マチルダが覚悟を決め、唇を引き結んだ。

しかしマチルダを断罪する皇帝の声は聞こえず代わりに手首を掴まれた。ケルネールスは強引にマチルダを立たせると鬼のような形相で歩き出す。ヴィルマやライオスが遠慮がちに声を掛けるがまるっきり無視だ。

「へ……陛下……」

マチルダも声を掛けてみたが、泣いた後の掠れた声では聞こえなかったのかもしれない。もしかしたら返事をするのも億劫《おっくう》だと思われているのかもしれない。

気持ちがまた沈み顔を伏せると、澄んだ声が淀《よど》んだ空気を切り裂いた。

「皇帝陛下、その手をお離しくださいませ！」

ケルネールスに意見をする声に、誰もが信じられないというように目を見開いた。

その視線の先にいたのはクリスティーヌだった。たおやかな中にも威厳を感じさせるのは、小国といえども王族の血のなせる技だろうか。クリスティーヌは凛《りん》と背筋を伸ばし、顔を上げていた。

「私に命令するというのか」

「いいえ、命令ではなくお願いです。マチルダは怯《おび》えております。どうか、マチルダに心を整えるための時間をお与えください」

地の底から響くようなケルネールスの声にも一歩も引かないクリスティーヌはその場を支配していたといってもいいだろう。

ケルネールスは立ち止まりしばし黙り込んだ。そして改めて口を開きかけたが、のそりと身体を起こしたシューリーがケルネールスに向かって非難めいたうなり声を上げたのを見て、舌打ちをした。

「……連れて行くがいい」

ケルネールスがマチルダを引いていた手を離した。急に自由になったマチルダは立ち尽くし、おろおろとケルネールスを見たが、ケルネールスはマチルダを見ない。

代わりに鈴を転がすような声が掛けられた。

「マチルダ、いらっしゃい」

柔らかいが、人を傅《かしず》かせる力を持つ声がマチルダを呼ぶ。

いつも近くにあった声が今はとても懐かしく感じられる。それを信じられない気持ちで聞いていたマチルダだったが、目が合って微笑まれるともうグダグダになってしまった。

「ひ……ひめさまぁァァ……っ！」

おぼつかない足取りでクリスティーヌに歩み寄ったマチルダは、年下であるクリスティーヌに縋るようにして跪く。今まで我慢していた諸々《もろもろ》が涙とともに溢れ出た。

クリスティーヌは自らも腰を落として優しくマチルダを抱きとめる。

「いつもとは逆ね、なんだか新鮮だわ」

ふふ、と花が綻ぶように笑うクリスティーヌの瞳も潤んでいた。


西棟にあるマチルダの居室に席を用意してもらい、クリスティーヌとマチルダ、それに護衛騎士のファースはようやく落ち着いた。

「お恥ずかしいところをお目にかけてしまって……」

マチルダは守るべきクリスティーヌに縋って泣いたことを酷く恥じていた。これでは筆頭侍女失格だと落ち込む。しかしクリスティーヌは優しく目を細めた。

「謝らないで、私はマチルダに頼られて嬉しかったくらいなのよ」

全てを包み込むようなクリスティーヌの微笑みに、マチルダの胸は痛んだ。こんなにも情の深いクリスティーヌに、嫉妬をしたなんて自分はなんと浅ましい人間なのか。思い出すどす黒い感情はマチルダを激しく苛む。

「わ、……わたし……クリスティーヌ様のお傍《そば》にもういられません……わたし、クリスティーヌ様に醜い感情を抱いてしまって……ああ、申しわけありません……！」

再び涙腺が緩み、涙が滂沱《ぼうだ》と溢れる。きっと呆れられるだろうと覚悟したマチルダに、クリスティーヌは優しく声を掛ける。

「醜い感情？　マチルダがわたくしに？」

心底不思議だ、と小首を傾げるクリスティーヌに、マチルダは何もかも曝《さら》け出す覚悟をして、膝の上で拳を握った。

「さきほど、皇帝陛下とクリスティーヌ様が一緒にいらしているのを見て、わたしの身体の中が黒い靄で覆い尽くされるような、とても嫌な気持ちになってしまったのです……陛下に近付かないでほしい、二人で笑いあったりしないでほしいと強く、とても強く願ってしまって……自分が、まさかこんな感情をクリスティーヌさまに抱くなんて……！」

わけがわからないとマチルダは嗚咽混じりに涙を拭う。

敬愛するクリスティーヌにそのことを告白するのはとても勇気がいった。しかしクリスティーヌに嘘はつけない。きちんと懺悔《ざんげ》して許しを請わねばと思っていた。いや、許してもらったとしてもマチルダは自分が許せないだろう。

長くクリスティーヌに仕えていたがそれも今日で最後かと思っていると、クリスティーヌの手がマチルダの硬く握り込んだ拳に触れた。

「皇帝陛下のことを好きになったのね、マチルダ」

「……、……え？」

突拍子もないことを言われて、マチルダは呆けた。

（好き？　わたしが皇帝陛下を？）

「まさか、でも……え？」

「陛下と一緒にいてドキドキしたり、胸が苦しくなったりしなかった？」

クリスティーヌに問われて思い返す。確かに心当たりがあった。マチルダは頬が熱くなるのを感じた。

「身分差がなければ、とか二人で並んでいられたらと考えたことは？」

（……した。普通の男と女ならば、とそんな大それたことまで……）

ことごとく身に覚えがあり、マチルダは無意識に呟く。

「そうか、わたし……陛下のことが……」

じわじわと胸が温かいもので満たされていくのを感じ、マチルダは胸に手を当てた。しかしすぐに皇妃選定の事を思いだし、顔を青くする。

「……わたしったらなんて身の程知らずな……皇帝陛下はクリスティーヌ様の……」

敬愛するクリスティーヌの夫となるかもしれない男性にそのような不埒な感情を抱いてしまったことにショックを受けていると、クリスティーヌが再びマチルダに触れた。

「マチルダ、私はあなたには謝りたいことがあるの。聞いてくれるかしら……本当なら謝っても謝りきれることではないけれど」

クリスティーヌはマチルダの手を取り、額に押し付けた。それはラムニル国最大の謝罪の仕方で、王族にあるまじき行いであった。マチルダとファースは青ざめ息を呑んだ。

「姫様、おやめくださ……っ！　頭をお上げください！　なんてもったいないこと……！」

王族は頭を下げぬもの。

クリスティーヌがしたその謝罪は首を、つまりは命をかけて償《つぐな》う意志があるというものだ。

それを知らないで城勤めをしているものはいない。もちろんマチルダもそれを承知している。想像であってもクリスティーヌの首が落ちるなど考えたくもない。

しかしクリスティーヌは頭を上げない。

「いいえ、マチルダ。私はとんでもなく傲慢で我が儘な王女なの……なんとしても止めるべきだったのに、自分可愛さにあなたを……取り返しのつかないところに追い込んでしまった……！」

涙声になるクリスティーヌに跪き、マチルダはその頬を手で包んだ。

「取り返しのつかない事なんてとんでもない。わたしはクリスティーヌ様が健やかであればそれだけで不死鳥《ふしちょう》のように甦《よみがえ》ることができるのに……もしもわたしに申し訳ないと思うのならば、笑って、幸せそうな顔をわたしに見せてください」

耐えきれず零れ落ちた涙をマチルダが拭う。

クリスティーヌが涙を零す様はこの世のものと思えぬほどに美しいが、悲しすぎる。マチルダは涙に濡れた顔を上げたクリスティーヌの涙をハンカチで抑えると椅子に座らせ、ゆっくりと背を撫でる。しゃくり上げていたクリスティーヌは落ち着いてきたのか、数度心を整えるように深呼吸してから、小さく話し始める。

「本当は、私ムイール帝国には来たくなかったの……皇妃になんてなりたくないのよ」

「え!?」

思わぬ爆弾発言にマチルダが目を見開く。クリスティーヌは柳眉《りゅうび》を顰めて苦痛に耐えるような顔をしたが、それでも話を続ける。

「ムイール帝国に輿入れとなれば我がラムニル国の存在感は増すでしょう。国も帝国の援助で豊かになるかもしれない……でもそれは結局『借り物』でしかないのよ」

大国の庇護を受けるのが間違いとは言わない。

しかしその恩恵に首まで浸《つ》かってしまったら、その心地よさを果たして手放すことができるのか？

「それでなくてもラムニルは貧しい国です。目立った特産品もなければ技術もない。そんな弱小国が自分で立つことの矜持を忘れてしまったらどうなるか。それを考えると恐ろしいの」

マチルダは舌を巻いた。

いつもニコニコと笑顔を絶やさないクリスティーヌがここまで国のあり方について考えていたとは思わなかったのだ。

マチルダは己の不明を恥じた。

「それに……」

クリスティーヌは視線を彷徨わせて言葉を切った。なにかと思ってマチルダが顔を上げると、ファースが力強く頷いた。

「……わたくし、想う殿方がいるので……万が一にも皇帝陛下の目に留まるようなことがあればどうしようかと思っていたの」

「ええっ⁉」

さきほどとは比べものにならない衝撃がマチルダを襲った。

想う殿方、クリスティーヌはそう言った。

そしてもう一度視線を彷徨わせ、頬を染めた。その視線の先には……。

「……まさか」

マチルダはファースを見た。

真面目な護衛騎士。

マチルダがクリスティーヌを守る上で誰よりも信頼している騎士が、まさか。

「ええ、私……ファースのことが……」

恥ずかしそうに両手で顔を隠すクリスティーヌの仕草があまりに可愛らしくて意識を飛ばしかけたマチルダだったが、いつものように『姫様最高に可愛い！』と拳を握るわけにはいかなかった。

クリスティーヌが恋をしている。

それもファースに。

目配せをしていた事を考えると二人は思い合っていて、もしかしたらマチルダが考えるよりももっと親密かもしれず。

（……ファースぅ……っ）

そういえばやたらと護衛の距離が近かったり顔を近付けていたりと気付く手がかりはあったのかもしれない。しかしまさか。

ファースに掴みかかりたい欲求を必死に断ち切って、マチルダはいろいろな言葉を呑み込んだ。

心のままに叫んでも、きっとクリスティーヌを困らせるだけだと悟ったのだ。

「そ、そうですか……全然気付かなかったです」

「だから、あなたには余計に申し訳なくて……でもこんなことになるなんてまったく思っていなくて、本当にごめんなさい」

クリスティーヌの瞳から涙が零れた。

ファースを想っていると恥じらったその幸せそうな顔は再び悲しみに沈んだ。

「クリスティーヌ様、本当に大丈夫ですから……ああ、どうして」

「いいえ、懺悔させてちょうだい。私、あなたが連れて行かれて心配しながらも、もし皇帝陛下が可愛らしいあなたを、その……お気に召したら、私は嫁がなくてもいいかもしれない、ファースと一緒にラムニルに帰れるかもしれない、ってそんなことまで考えたの……！」

最後はしゃくり上げながらクリスティーヌは告白する。

偽りない本心だろうと思われる率直な言葉は、マチルダを傷付けた。

それでは本当に生け贄《いえにえ》じゃないか、そんなことを少しマチルダも少し思った。

しかし、ケルネールスとクリスティーヌに嫉妬の感情を抱いて、瞬間でもクリスティーヌに対して負の感情を抱いたマチルダにはよくわかった。

人は聖人君子でいられない。揺れ動く感情を持っている。そのおかげで弱くも、強くもなるのが人間なのだ。

全く蟠《わだかま》りがないとはいえないが、それでもマチルダの中のクリスティーヌに対する敬愛の気持ちは変わっていなかった。

それどころか、更に愛しさが増した気がした。

「クリスティーヌ様、我が主。そんなに泣かないでください。美しい瞳が溶けてしまいます」

マチルダは椅子から立ち上がりクリスティーヌの膝元に跪くとその白魚《しらうお》のような手を取った。大事に大事に慈しんできた最愛の王女クリスティーヌが自分をそこまで気にかけてくれている。

それはとても幸せな事だった。

「マチルダ……」

「クリスティーヌ様に想う方がいて、その方と幸せになれるのならば、姫様をお守りできるわたしがいて、よかったと思えます……まあ、その相手がファース様だということは多少引っかかりがありますが」

「……なんだ、冷たいな」

ファースがぼそりと呟くとマチルダは大人げなく盛大に顔を顰《しか》めた。

それを見てクリスティーヌはまあ、と驚いて涙が止まったようだった。

マチルダは自分が皇帝の閨に侍ることになった原因は、ひとえに自分の暴走にあると自覚している。クリスティーヌに非はない。

もし非があるとすればマチルダを引きつけてやまない天性のカリスマを持ち合わせていたことだけだ。

クリスティーヌはお茶会の席でマチルダのために皇帝に意見を言い、今日も凛々しくマチルダを取り戻そうとこのような席を設けるきっかけを作ってくれた。下手をすれば自分も罰せられるというのに、である。

マチルダはその事実に感動していた。

「でも……」

クリスティーヌはなおも言い淀む。心優しいクリスティーヌは悩んだだろう。常に他者を思いやるクリスティーヌが初めて他者を犠牲にしてまで求め、守ろうとした一世一代の恋心。

（それをわたしが守らないなんて……あり得ない！）

マチルダはクリスティーヌがこれ以上罪悪感に苛まれることがないよう、明るく声を弾ませた。

「お任せください、クリスティーヌ様！　姫様の憂いはわたくしが払ってみせましょう！　必ずや姫様を幸せにしてみせます！」

「マチルダ……！」

クリスティーヌは感激したように藍色の瞳を潤ませる。その背後で出遅れたファースが「それは、俺のセリフでは……」とぼやいた。


クリスティーヌとの語らいのあと、マチルダは悩んでいた。

茶会での表情からして、ケルネールスがクリスティーヌに良い感情を持っているのは確実である。しかしクリスティーヌは残念ながら護衛騎士ファースのことを想っているのだ。ファースが駄目とはいわないが、クリスティーヌならばもっと素敵な殿方をつかまえられるのに、そう……ケルネールスのように。

しかしマチルダにとってなにより優先されるのはクリスティーヌの気持ちだ。

マチルダはクリスティーヌに想いを遂げてもらいたい。クリスティーヌの幸せはすなわちマチルダの幸せである。

それが、ケルネールスにとって良くないことであっても、である。

ケルネールスがクリスティーヌを想っている。その事実に、胸が痛んだ。

いくら皇帝でも失恋は痛手であるに違いない。知っていながらケルネールスの意に添うことができない事実に、マチルダは息苦しさを覚える。

そしてなにより自分ではその傷を癒やすことはできないことが悲しかった。

なにせクリスティーヌに失恋するのだ。いくら皇帝といえども心に特大の穴が開くのは確実である。ケルネールスを心配する一方で、自分にもつけいる隙があるのではないかと考える小狡《こずる》い自分もいることを、マチルダは自覚していた。

恋とは誠に御しがたい感情であるとマチルダは嘆息《たんそく》する。

マチルダはもはや誤魔化すことができないほどにケルネールスに恋心を抱いていることを自覚していた。

「なんて、醜く浅ましい考え……わたしがクリスティーヌ様の代わりになどなれるわけないのに」

マチルダは自分の中のドロドロとした感情を処理できずに、胸を押さえた。

ムカムカが消えないのだ。

気分転換にとシューリーに会いに行っても気分は盛り上がらない。ため息ばかりつくマチルダを心配したのか、シューリーは鼻先で腹を押してくる。

甘えたいのかと思ってソファに座ると、案の定、脚の間に入って撫でろと喉を反らしてゴロゴロと鳴らす。

「まあ、シューリー、なんて可愛らしいのかしら」

マチルダは一時不調を忘れ笑顔になった。

自覚してから常にケルネールスの事を考え、心を痛めているマチルダにとって、今やシューリーは貴重な存在となっていた。

「ああ、シューリー大好きよ！」

マチルダはシューリーを自らの脚でぎゅ、と挟んで身体全体で抱き締める。

人よりも高い体温と、柔らかな毛並みが全ての煩わしさから解放してくれたような気がした。


だが、つらいからといってずっと部屋に閉じこもっているわけにはいかない。マチルダには自分のことよりも優先するべき事があるのだ。

(どうしたらクリスティーヌ様を無事にラムニルへ帰還させられるかしら)

ムイール帝国に招かれている以上、勝手に帰るわけにはいかない。

下手な言い訳をしては外交問題になりかねない。

それ相応のやんごとなき事情というものが必要なのだ。しかしそんなに都合のいい話は転がっていない。

一番簡単なのは身内に不幸が……という手だが、平民ならともかくクリスティーヌは小国といえど一国の王女である。その王女の身内に不幸、となれば嘘はすぐバレてしまうだろう。

眉間のしわが取れないほど考えたマチルダだったが、結局いい手は見つからず、ひっそりと皇帝の目に触れないようにしながら皇妃選定の候補からそれとなく外れる、という消極的な手段しか思いつかないのだった。

(陛下の傷心をお慰めするには新らしい恋が一番か……候補の中に、陛下の心を鷲掴むような姫がいれば……だめだ、クリスティーヌ様しか思いつかない)

マチルダは頭を抱えた。

（こんなにたくさんの美姫がいるのに、クリスティーヌ様が飛び抜けて聡明《そうめい》で美しいばっかりに……ああ！）

しかし他の王女達と並ぶケルネールスを想像すると今度は胸が痛む。クリスティーヌのおかげでやっと自覚した恋心がつらい、悲しいと訴える。かくなる上は、とマチルダは沈痛な顔で立ち上がる。

いい手だとは思えなかったが、もうマチルダにできることはそれしか思いつかなかった。マチルダは意を決してヴィルマを呼ぶと今まで口にしたことのない願いを伝えた。

「……ヴィルマさんが帝国の人だと承知した上で、お願いがあります」

「はい」

いつもにこやかなヴィルマも、マチルダの決死の表情を感じ取り、表情を固くした。我が儘を言わず、終始控えめなマチルダが口にする願いとは、いったいどんな無茶だろうと気を引き締める。しかしマチルダが悲壮な表情で口にした言葉に、呆気《あっけ》にとられてぽかんとした。

「……わたし、陛下を誘惑したいのですが、味方になってくれませんか？」

「……はい？」

ヴィルマは是とも非とも言えない微妙な表情で、マチルダの顔を穴が空くほど凝視している。

それはそうだろう、とマチルダは嘆息する。クリスティーヌのような美人であれば似合うだろうが、元気と忠誠心だけが取り柄のようなマチルダに『誘惑』という言葉は一番似合わないに違いない。

「無謀は承知の上です。訳あって、どうしてもクリスティーヌ様にはラムニルにお戻り頂かねばならないのです。帝国の不利益になるようなことはしないと誓いますから」

人に気持ちを伝えるには芯が定まっていないといけない。揺らいでいる心では誰の心を打つこともない。

マチルダはまっすぐにヴィルマを見た。ヴィルマは視線を正面から受け止めて静かに口を開く。

「もちろん、わたくしはマチルダ様の味方のつもりですが……不利益とは？」

怪訝《けげん》そうに眉を顰めるヴィルマに、マチルダは視線を彷徨わせて躊躇う仕草を見せる。

わざわざ口に出すことでそういう意志があるのではないかと思われるのは本意ではないのだ。

しかし味方に、と望むのであれば包み隠さずにありのままの自分を見てもらわねば信用されないだろうということはマチルダにもわかった。

「たとえば、陛下に取り入るとか、陛下の子を産もうとか、帝国に居座ろうとか、そういう類いの野望のような」

クリスティーヌが帰るまでにケルネールスの気を引いておく。その間はケルネールスの事を思っていることを自分に許す。

役目を終えたら自分などは路傍《ろぼう》の石と同じ。人の目に触れないよう消える覚悟くらいは持っている。だが、皇妃選定の舞踏会のために来ているのに野望がないとは説得力がない。むしろ裏がないのがおかしい。怪しまれるのは仕方ないと思っていたが、しかしヴィルマはカッと目を見開いて拳を握った。

「それは野望ではなく是非お願いしたい事ですね！　わたくし、マチルダ様にはそれを是非コンプリートしていただきたいです！」

「……ヴィルマさん？」

帝国を滅ぼす気なのか、それとも冗談なのか判断しかねたが、ヴィルマがそう言ってマチルダの申し出に全面協力を請け負ってくれたのはありがたかった。恐らく自分の気持ちを軽くしようとしてくれているのだろう、と、細やかな気遣いに感謝する。

ヴィルマはそうと決まれば、と大急ぎで支度をしてくれた。


その夜、マチルダは初めてのとき以上に緊張していた。

身につけた夜着は自分からヴィルマにお願いしておいた扇情的なものだったがその華奢さは心許《こころもと》なく、数刻前の自分の思いつきを軽く呪《のろ》った。

曲がりなりにも閨に侍り肌を重ねたからには、マチルダを触れたくないほど厭ういているということはなさそうだ。それに本気だったのかはわからないがずっと傍に居るように命じられた覚えもある。

恐らく抱き枕程度には好かれているのだろうと思う。

(なにがお気に召したのかは知らないけれど……人の趣味嗜好《しこう》というのは独特だから)

自虐的なことを考えながら、マチルダは己の身体を抱き締めた。

今夜、ケルネールスに会いたいとヴィルマに伝言を頼んである。返事はないが、もし駄目ならまた再度機会を待つつもりだ。

(この身体でどれくらい陛下の気を引くことができるかわからないけれど……)

高級娼婦は、行為の後に微睡《まどろ》んでいる相手におねだりをするのが上手だと聞く。

もしも同じようなことができたら……いや、できなくてもするのだ。マチルダの意志は固かった。

「それにしても冷えてきたわ……」

勢いをつけるために脱ぎ捨てたガウンを、風邪を引く前にもう一度羽織るべきだろうかと考えた矢先、ぎい、と扉がなった。ハッとしてそちらに顔を向けるとケルネールスが入ってきたところだった。逆光で顔は見えないが、その身体付きは間違いなくケルネールスだと、マチルダは確信を持って口にした。

「……陛下」

なるべく平静に聞こえるようにしたつもりだったが、身体が冷えたのも相まって、少し震えてしまった。

しかしケルネールスからの反応はない。

いつもに増して沈黙が重いような気がして、マチルダは決心が鈍らないうちに、と口を開いた。

「陛下、せっかく機会を設けてくださったクリスティーヌ様とのお茶会をあのような形で台無しにしてしまって申しわけありません……少しでも陛下のお気持ちをお慰めすることができれば、とお待ちしておりました」

ベッドから立ち上がり、夜着の裾を少し摘まんで挨拶をする。

いつもとは違い、ヴィルマたちに薄化粧を施してもらったマチルダは、少しは女性らしく見えているように期待しながら伏せていた顔を上げた。

ケルネールスは抱いてくれるだろうか、と考えると当初の目的がなりを潜め、身体の奥がジリジリと焼けるように熱くなっていくのを感じていた。しかしケルネールスはマチルダを一瞥《いちべつ》しただけで踵を返した。

「……詫《わ》びはいらぬ……それよりもそんな夜着は冷えるだろう。身体を冷やすな」

触れる気はない、と断じるように言い切られてマチルダは少なからずショックを受けた。

恥を忍んで準備してもらった官能的な夜着も、薄化粧も目に入らないようなケルネールスの素気ない態度の前には意味を成さなかった。

（いえ、中身がわたしだから、なのね……きっと）

その日の気分で好みが変わるように、ケルネールスの興味はもうマチルダにはないのかもしれない。たとえそれが据《す》え膳《ぜん》だとしても、空腹でもない皇帝は無理に口を付ける義務はないのだ。

もう自分は、ケルネールスにとって何の意味もない、路傍の石に等しいのだ。

マチルダはふらりと視界が揺れたのを感じた。

体勢を大きく崩したが、なんとか踏みとどまると、額に手を当てる。

精神的なショックが身体のほうにまで影響するなんて、と苦笑いをする。

身体さえ大丈夫なら気持ちは後からついてくる、という考えのマチルダからは想像もつかない弱りっぷりである。過去の自分は今の自分をみたらなんと言うだろう、と詮無《せんな》いことを考えていると、いつの間に距離を詰めたのか、すぐ近くにケルネールスがいた。

ケルネールスはマチルダが額に当てていた手を取ると強引に引いた。

「陛下……ケルネールス様……！」

「風邪でも引いたのではないか？……肩が冷たい。いつからそんな格好でいたのだ」

「……陛下が温めてくださいますか？」

駄目もとでケルネールスを見上げてしなを作るが、目が合ってもすぐに反らされてしまった。その態度に本格的に飽きられてしまったのだとマチルダは実感する。

あんなに激しく抱かれた日が遠い昔のことのように思えた。思い出すたびに、身体は熱くなるのに。

マチルダは古い艶歌のようだと笑った。

「戯《ざ》れ言《ごと》を。さあ、毛布をちゃんと首まで引き上げて、今宵はもう寝るのだ。よいな」

「……はい」

自分は色仕掛けも満足にできないのだという事実に打ちのめされたマチルダは、自棄《やけ》になって毛布を頭まですっぽり被って丸くなった。

ショックすぎて涙も出なかった。

＊＊＊

とんでもないことだ。

ケルネールスはマチルダの部屋の扉を閉じて、そのまま扉に凭《もた》れた。

疲労しきったその顔はほんの少し熱を帯びたように赤かった。

（なぜ、落ち着くまで触れないと決意した途端にあのように誘惑するような態度を……ええい、ヴィルマはいったいなにをしているのだ！）

ケルネールスは強く拳を握った。

茶会でクリスティーヌを交え三人でこれからのことについて話し合う場を持とうとしたのに、突如マチルダが情緒不安定に陥ったのを、ケルネールスは重く受け止めていた。

医師に診察させたほうがいいかと考えていたとき、護衛騎士が雑談しているのを小耳に挟んだのだ。

「俺の奥さん、最近機嫌良くなったり怒ったり、かと思えば急に泣き出したりしてさ」

「ええ、どうしたんだよ、この間結婚したばかりだったよな？」

騎士らはまさかケルネールスが聞いているとは思いもせずに壁に寄りかかり気を抜いていた。

（たるんでいる……いや、しかし興味深い話だ。マチルダと症状が似ているな？）

本来なら注意をするべきところ、ケルネールスはそのまま耳をそばだてた。

「ご飯も食べたり食べなかったりだから、心配して医者に見てもらったんだ」

「おお、で？」

「そしたらさ……おめでただったんだよ～！」

「おお！　本当か！　良かったなあ！」

（なんと……！）

ケルネールスは大きな衝撃を受けてよろめいた。まさか、と思ったが、心当たりが多すぎた。

確かに、可能性はあるのだ。マチルダとの行為はたとえようもなく気持ちが良くて、中にたっぷりと注いでしまう。最近のマチルダの情緒の不安定さ、言動の不一致、食欲不振そして体調不良。もしそれが妊娠由来のものならば大変喜ばしい。マチルダを皇妃として娶ることへの後押しになるだろう。

ケルネールスはすぐにでもマチルダのところへ行き、抱き締めたかったが、件《くだん》の騎士の話の続きを聞いて思いとどまった。

「ああ。でも医者が言うには必要以上に妊娠のことを言ったりするのは奥さんの負担になるからよくないんだと」

「へえ、そういうもんか？」

「最初のうちはそっと見守ったほうがいいんだって。周りに報告するのも安定してからにしろって」

「そっか。なんにせよめでたいな！」

「ありがとう。夜のほうも我慢だぜ！　奥さんのためだもんな！」

（マチルダの事は、何としても私が守らねば）

ケルネールスはすぐにでも帝国中にマチルダ妊娠のお触れを出して祝いたかったが、なんとか踏みとどまった。大事な時期でもあるため周囲を刺激せずに安定するまで事実を伏せたい。

ケルネールスが望む結果に導くには不確定要素が多すぎる。それに優先されるべきはマチルダの体調と心の安定だ。必要以上に負担になるようなことは避けねばならない。

ケルネールスは武道で鍛えた鋼《はがね》の精神力で己を縛り理性的であるように努めた。


しかし話があるとヴィルマに言われ、訪ねた先でマチルダがあんな格好で待っているとは思いもよらなかった。

ヴィルマの悪ノリだとしか思えなかった。

ケルネールスが諭すとマチルダが大人しく寝台に寝てくれたから良かったようなものの、もしも駄々《だだ》をこねて身体をすり寄せられでもしたら大変なことになるところだった。

言葉こそ交わさなかったが、ケルネールスはマチルダの熱っぽい瞳を見て、自分と同じ気持ちでいてくれていると確信を持っていた。全てが片付いた暁《あかつき》には、きっと。

ケルネールスは、意図が全くマチルダに伝わっていないとは夢にも思わず、落ち着くために数度深呼吸をしてから西棟を出て皇帝の執務室に帰った。

やるべき事は山ほどあった。

皇妃を指名する舞踏会はすぐそこまで迫っていたのだ。

＊＊＊

祖国から早馬で届いた書簡を握り潰しながら、スライリ国王女カドミーナは唇を噛んだ。

歓迎の宴で皇帝から謹慎を命じられたことが祖国にバレて、父である国王からの小言が呪詛《じゅそ》のように書き連ねられている。なるべく粗相をせず事を荒立てず、皇妃は無理だろうから皇帝にこれ以上悪い印象を持たれぬよう、大人しくしていろと結ばれていた。慰めの言葉のひとつもなく、まるで期待をしていないような文面にカドミーナは憤慨した。

（なんなのよ、この言い様は！　私は絶対に皇妃になってみせるわ！）

しかし旗色は悪かった。

ケルネールスと交流するために準備されたあらゆる催し物には謹慎のため参加することができなかった。

謹慎を申しつけられた七日を過ぎても、ケルネールス本人に謁見して謝罪することが叶わずおおっぴらに出歩くことが憚られた。

もとより公務に忙しい皇帝ゆえ予定の変更はあると承知していたが、カドミーナは先日ラムニル国のクリスティーヌ王女は皇帝と差し向かいでお茶を飲んだという情報を掴んでいた。

(なによ！　ラムニルごとき小国の王女を相手にするなんて！……それに)

王女の侍女を蹴落としたつもりの行動が裏目に出てしまったことをカドミーナはひどく後悔していた。罰を与えられて国に返されるか死刑になるだろうと思っていたマチルダがまさか皇帝の寝所に侍ることになるなど、一体誰が想像できただろう。

カドミーナはすぐに宰相を通じて抗議したが、けんもほろろに追い返された。

(ああなるとわかっていればわざとあんなことはしなかったのに……口惜しい！)

カドミーナは地団駄を踏んだ。

もしあのとき機転を利かせて自分が皇帝の閨に侍るように仕向けることができていたら今頃は……。あり得ない妄想だったが、カドミーナは都合よく思いを巡らせて、止まらなかった。

こうなったら手段は選んでいられない。なんとしても皇帝を振り向かせて皇妃にならなければ気が済まない！　カドミーナは必死に知恵を絞って考えた。そして、あることを思いついた。

高貴な生まれで見目麗しく、気品溢れる自分だからこそできる提案がある……！　溢れる自信ではち切れんばかりのカドミーナはその天才的な思いつきを煮詰める作業に夢中になった。

＊＊＊

あからさまな誘いを断られてからというもの、マチルダは何度もケルネールスに対して秋波《しゅうは》を送り続けたが空振りが続いていた。今日こそは、明日こそはと己を奮い立たせて臨んだが、ケルネールスは誘いに応じてくれなかった。

「……これは確実に飽きられてしまったわね……」

「ぐるぅ……」

シューリーも心なしか沈んだように喉を鳴らすが、マチルダが首筋を撫で始めるとすぐにもっと撫でろと顎を反らす。マチルダは反射的にシューリーの顎や喉を撫でるが、気分は落ち込む一方だ。

クリスティーヌから気を逸らすためという大義名分を得て、ケルネールスに近付こうと行動したマチルダの下心がバレてしまっているのでは、と思ったりもした。

自分を見てほしい、振り向いてほしい……叶うならば好きになってほしい。

そんな思いが日に日に膨らんでいくのがわかった。そして同時にそれがいかに身の程知らずな願いなのかも知っていた。

こんなに誘いに乗ってこないということは、今までのことは恐らくケルネールスの気の迷いだったのだ。

この城にはクリスティーヌを筆頭にマチルダよりも美しく洗練された美女が山のようにいて、ケルネールスの寵《ちょう》を求めてひしめいているのだ。単なる侍女など、もう眼中にないのかもしれない。

「そんなことはありません……！　また今宵も陛下においでくださるようお話ししてきますから！」

そう言ってヴィルマが鼻息も荒く踵を返すのを、マチルダは止めた。このように親身になってくれているヴィルマは、ケルネールスがつれなくするたびにマチルダ以上に落ち込み、憤慨すらしてくれるのだ。それが有り難くもあり申し訳なくもあった。

「いいの、ヴィルマさん……今日は攻め方を変えようかと思ってるの」

マチルダは眉間にしわを寄せて口を開いた。

昨日からずっと考えていたのだ。もしもケルネールスが自分に飽きてしまったのならば、新たな一面を披露して再び興味を持ってもらう事はできないだろうか？

「押して駄目なら……いっそのこと押し倒せばいいのではないかしら？」

まさかの発言に、さすがのヴィルマも開いた口が塞がらなかった。

＊＊＊

ケルネールスは堅苦しい上着を脱いで夜遅くまで書類と格闘していた。

大国とはいえ、遊んでいて治められるほど皇帝業は甘くはない。シビアな意志決定が必要な局面の連続で脳が休息を求めていた。

疲労が溜《た》まる頭ではいい考えなど出てくるはずもない。ときには息抜きも必要だと知っていても、ケルネールスには気を緩めることができなかった。

（……気がつくと、マチルダのことを考えてしまう）

次から次へと難しい案件に追われていないと、マチルダの事で頭がいっぱいになってしまうのだ。ここ数日頻繁にヴィルマが西棟に来るようにと言ってくるのも頭を悩ませる一因だった。

ケルネールスは意図してマチルダを遠ざけようとしているのに、なぜかマチルダのほうはケルネールスに近付いてくる。今触れたら激しく抱いてしまうだろうことは明白なだけに、それは避けたかった。

（本当に思い通りにならぬ……愛しいだけにいっそ腹立たしい）

眉間にしわを寄せながらも、マチルダの事を考えると胸が疼いてしまうのを自覚して、ケルネールスは胸に手を当てた。

夜半を過ぎ、そろそろ終《しま》いにするかとケルネールスがペンを置いたそのとき、控えめに執務室の扉がノックされた。

「陛下、あの……」

扉の前の護衛騎士が歯切れ悪く発言するのを聞き、ケルネールスは目を眇めた。

こんな時間に何事かと思ったため視線が鋭かったようで、護衛騎士は顔を青くした。

「なんだ、用件は簡潔に述べろ。私も暇ではない」

「は、……お客様がお見えですが……その」

簡潔に報告しろと言ったにも関わらず、歯切れの悪い様子の護衛騎士にケルネールスは苛ついた。しかもこんな真夜中に一体誰が、と考える。

宰相ならば護衛騎士もこのような態度は取らないだろう。皇帝を護衛する騎士は特に有能な者を選んでいるつもりだったケルネールスは再び眉間にしわを寄せた。

「このような時間に執務室を訪れる者を客と称するとは、どういうつもりだ……」

小言に嫌みを乗せて客とやらを追い返させようとしたケルネールスだったが、その試みは失敗した。騎士の後ろからマチルダがひょっこりと顔を覗かせたのだ。

「夜分に申しわけありません。どうしても、急ぎ陛下にお目に掛かりたくて」

申し訳なさそうに眉を寄せるマチルダにケルネールスの動きが止まった。

＊＊＊

追い返されるのは覚悟の上でケルネールスに会いに行ったマチルダだったが、そのせいで護衛騎士が叱られてしまうのは本意ではなかった。慌てて顔を出して釈明し、駄目ならすぐに西棟へ戻ろうと思っていたマチルダは、意外にも意表を突かれたケルネールスの顔を可愛い、と想ってしまった自分に驚いた。

（こんなに逞しく精悍な陛下でいらっしゃるのに、わたしったらなんで可愛いなんて思ったのかしら？）

自分の思考を不思議に思いながらも、護衛騎士の影から出ると、今度はケルネールスがびしりと眉間に深いしわを刻んだ。

「……入れ、そしてお前はもう下がっていい」

護衛騎士に向かって硬い声を発したケルネールスに腕を引かれて、マチルダはたたらを踏んだ。戸惑う護衛騎士に申し訳ない、という意味で視線を送ったマチルダだったが、騎士は不思議な表情をして一礼して部屋を出てしまった。

その意味を考えていたマチルダの頬が、大きな手のひらで上を向かされた。

「いったいなにを考えている、このような時間にこのような格好で」

明らかに責める口調のケルネールスだったが、その言葉の裏になにか温かいものが隠されているような気がして、マチルダは視線を上げた。

「申しわけありません……非常識であることは承知しておりますが、陛下がお目通りくださらないので強硬手段に出ました」

不躾にならない程度にケルネールスを見つめたマチルダだったが、すぐに視線を逸らされてしまう。まるで舌打ちまで聞こえてきそうな苦みを孕《はら》んだ表情に胸がぎしりと軋んだ。

「意味もなくお前を遠ざけているわけではない。それよりもその格好……なぜ夜に身体を冷やすような服を着るのだ、それもこの大事な時期に」

この間からケルネールスはやけに身体を冷やすなと発言する。

まるで母親か乳母のようだとマチルダは思うがさすがに口には出さない。確かにマチルダは肩を出したドレスを纏っていたが、ショールを掛けているため特に寒いと感じることはなかった。

「こういうドレスはお気に召しませんか？」

ヴィルマと相談して一番身体のラインが美しく見えるものを選んだつもりだったが失敗だったかと眉を下げる。少しでも印象を良くしたいと思ってもそれが裏目に出てしまう。

なにひとつうまくいかない、と落ち込むマチルダに、苛ついたような声が掛けられる。

「そういうことではない。風邪でも引いたら大変だと言っている」

ケルネールスはソファの背に無造作に放っていた自分の上着を取るとマチルダの肩にかける。しっかりとした生地で見た目よりずっしりと重いそれは、覚えのある香りをマチルダに運んだ。

（あ、この香り……）

身体を重ねるたびにマチルダに深く馴染むようになってきた、ケルネールスの香りだった。

まるで抱き締められているような錯覚に陥り、マチルダは頬が熱くなるのを感じた。同時に腹の奥でちりり、と火花が小さく爆《は》ぜた。

それは香りを意識するたびにパチパチと爆ぜてやがて炎となった。ドクドクと血が走りマチルダを焚《た》きつける。

「風邪を引かぬように……陛下のお傍にいてもよろしいですか？」

ケルネールスのシャツに手を添えると、その下の体温を感じてマチルダの身体が更に熱くなる。シャツ一枚隔てた向こうに、あの熱い身体があると思うと腹の熾火《おきび》が内側からじりじりとマチルダを炙る。

こうなるともうクリスティーヌのためという大義名分は霧のように消え失《う》せ、目の前の事しか考えられなくなる。

「……、……いや、今、お前を抱く気はない。話なら明日改めて聞こう」

しかしケルネールスは逡巡《しゅんじゅん》ののち、マチルダの肩に置いた手に力を込めた。その遠ざけるような仕草に少なからずショックを受けたマチルダだったが、素直に引く気にはなれなかった。

（だって、陛下の手がこんなにも熱い）

マチルダはヴィルマとの会話を思い出していた。

『押しても駄目なら……押し倒せばいいのではないかしら？』随分と乱暴な言い方だったが、今がまさにそのときだと感じた。マチルダはケルネールスの胸に添えた手に力を込め、強引に後ろに押した。

まさかそのような事をされるとは思っていなかったのだろう、ケルネールスはよろめいてソファにドサリと腰掛ける格好になった。

ここでケルネールスの膝に腰掛けて腕を首に回して密着すれば、と考えたマチルダは、その図を想像して無理だ、と即座に諦めた。そうしている自分を脳内に思い描いてみたがとてもではないが現実的でなかったし、自分の全体重をケルネールスに預けるなどできるはずもない。

クリスティーヌのように軽いならいざ知らず、場面に応じて力仕事もする自分が一般の淑女に比べて重いことを、マチルダは自覚していた。

（そうだ、お膝にしな垂れかかるのはどうだろう？）

甘えたような態度に見える、と思ったマチルダは膝を突いてケルネールスの脚の間に身体を割り込ませると膝に手を添える。あぁ、これはいい、とても親しげだと満足して見上げるとケルネールスの目元が赤くなっているのに気付いた。

（あれ、どうされたのかしら……、あっ！）

決してカマトトぶったつもりはなかったのだが、今はそこまで考えが至らなかった自分が不思議でならない。マチルダの視線は一カ所に縫い止められた。

そこは既に反応し始めているケルネールスの猛《たけ》りがあった。

「……っ、いや、違う、これは」

珍しく狼狽えるような態度のケルネールスにマチルダの胸はキュウと苦しくなる。自分を遠ざけるようなことを言っておいてその実、こんなになっている……いや、こうなっていることを隠そうとしていたとは。

閨では強引なケルネールスの思いがけない一面にマチルダは胸の鼓動が止まらない。

「陛下……抱く気がないのであれば、わたしに奉仕させてくださいませ」

はっきりと抱く気はないと言われたのだから、この猛りを鎮めるくらいはさせてもらわねば。マチルダはゴクリと喉を鳴らして、ケルネールスの雄芯と対峙した。

詳しくは知らないがうっすらとなら知っている。

猛る男性の象徴を口や舌で愛撫し慰めるのだ。

知識としてそれを知ったときには口にそんなものを入れるなど信じられない、と戦《おのの》いたマチルダだったが、今ならわかる気がする。

「ふ、……できるものならばやってみるがいい」

さきほどよりいくらか冷静になったのか、ケルネールスの声に余裕が戻ってきた。もしかしたらどうせできるわけないと高をくくっているのかもしれない。

その態度にマチルダは俄然《がぜん》やる気になった。

兆《きざ》した雄芯を衣服の上からそっと押さえるとびくりと脈動する。形をなぞるようにそっと触れながらボタンを外しケルネールスの前を寛げさせる。

下着の中で窮屈そうにしている雄芯を解放してやるとケルネールスが小さく息を呑んだのがわかった。

（してやったり……！）

マチルダはようやくケルネールスに対して一矢報いることができた気がして気を良くした。そしてそのまま雄茎を口に含もうとしてマチルダは目を見開く。

目の前にある首を擡《もた》げたケルネールスに圧倒されてしまったのだ。

（は、……なんて質量……っ）

中に受け入れるときの痛みも納得の堂々とした姿に、マチルダは尻込みする。こんなものを口や舌で愛撫……できるものなのかしら？　と急に不安になる。

まず口に入るのか、と口を大きく開けてみたが、不安しかない。

一旦口を閉じて再び開けるが納得できずまた閉じる。

（舌……、口だけでなく舌で……舐めるという事よね、飴玉《あめだま》のように？）

口を開いて舌を出してみるが、ケルネールスの雄芯の先端のつるりとした部分と目が合ったような気がして、マチルダは慌てて目を逸らした。

今更ながらとても破廉恥な事をしている気持ちになり、もじもじと手を動かすと幹に走る太い血管が、ぐぐ、と盛り上がった。

「……できないのなら手を離して、西棟へ帰れというのに」

頭の上から呆れたようなケルネールスの声が降ってきて、マチルダは身を震わせた。クリスティーヌのためにも、諦めて部屋に帰るなど絶対にできない。

なんとかしてケルネールスを虜《とりこ》に……はできなくとも、関心をもっと自分に向けさせなければ。全てはクリスティーヌ（と、ついでにファース）のために！　マチルダは自らに活を入れる。

「いいえ、ご奉仕、させていただきます……！」

しかし到底呑み込めるとは思えず、逡巡したマチルダだったが、なにも一息に口に含まなくてもいいのでは、と思い直し、雄茎に口付けしてみた。

さきほど目が合った（ような気がした）先端を避けてくびれの下あたりに唇を押し付ける。

「……っ」

ケルネールスが息を呑むと、雄茎もびくりと反応を返してくる。それが嬉しくて、マチルダは、ちゅ、ちゅ、と軽い音を立てて啄《ついば》むように唇を落とす。

「……く、……ふ……っ」

時折腹筋を細かく震わせるケルネールスは、眉間にしわを寄せながらもどことなく頑《かたく》なな空気が和らいだようにマチルダは感じた。そう、閨でマチルダを貪っているときのような雰囲気に近い。

（もしかして、陛下は気持ちいいのでは？）

気を良くしたマチルダは少し大胆にくびれの部分に舌を這わせた。そうすると鼻先が雄芯の先端を掠め、濃い雄の香りが鼻腔に広がる。

それは決していい匂いではなかったが、マチルダの女の部分を覿面《てきめん》に刺激した。雄茎を支えていただけの手に力がこもり、さすさすと動かす。

そうすると、ケルネールスはまた小さく呻いた。その掠れた声に胸がキュンとなったマチルダは自分がどんどんいやらしい気持ちになっていくのを止められなかった。

「ん、ふぅ……っ、陛下……ァ」

舌を伸ばしつるりとした先端に舌を這わせるようになるのに、そう時間は掛からなかった。チロチロと遠慮がちに舐めていたが、先端から徐々に染み出してくる透明な液体を舐め取るうちにマチルダはどんどん気が大きくなっていった。

先端に口付けを落とすと、舌で舐め上げる。

お世辞にも美味《おい》しいとは言えないその味をもっと味わいたくなっていた。

「ふ、あ……っ、む……んんっ」

「うっ」

とうとうケルネールスの先端を口に頬張《ほおば》る。しかし効果的な技巧どころか、この行為の終着点を知らないマチルダはただ懸命に雄芯に舌を絡める。

時折ケルネールスの鍛えられた腹筋がピクリと反応するのを見ながら懸命に愛撫を施す。

(う、この後、どうしたら……？　ずっと頬張り続けるのは無理……っ)

質量が増し、顎が疲れてきたマチルダが涙目になって見上げると、熱っぽい視線のケルネールスと目が合った。そこになにかを感じ取ったのか、ケルネールスが雄茎を支えるマチルダの手に自らの手を重ねた。

「もっと強く握って構わない……マチルダの中はもっときついからな」

さりげなく卑猥《ひわい》なことを口にしながら、ケルネールスは目を細め口角を上げる。その男の色気が溢れる様子に、マチルダの腹の奥がきゅう、と鳴いた。

まるで挿れられてないのに抽送されているような錯覚を感じ、瞬時に体温が上がる。手しか触れていないのに全身を愛撫されたように皮膚が粟立ち、あわいがじゅわりと潤んだのを感じて慌てて内腿に力を入れた。

「ん、ふ、……っあ！」

動揺して顔を上げた弾みで、雄芯から口を離してしまったマチルダは自分の発した声にカッと顔が熱くなる。

（い、いやだ……わたしったら！　惜しいみたいな声なんか出して……わたしが陛下よりも先にその気になってしまっては本末転倒じゃない……！）

気を確かに持とうと気合いを入れ直したマチルダだったが、ケルネールスに自分の手ごと雄芯を上下に扱《しご》かれ気合いがグズグズになった。

自分の唾液とケルネールス自身の先走りでグチュグチュと淫らな音を立てているそれはケルネールスの自慰を間近で見せられているような、見てはいけないものを見てしまったような背徳感と、得体の知れない高揚感をマチルダにもたらした。あまりの淫らさにわけがわからなくなるが、それすらマチルダを刺激する。

もはや誤魔化しようもないほどに下着を濡らしたマチルダは、なんとかバレないようにしたいと思った矢先、ケルネールスが顔を歪めた。それは苦痛の表情に似ていたが、マチルダは知っていた。

ケルネールスの限界が近いのだ。

それを裏付けるように手の中の雄芯が、ぐ、と硬さを増した。

（あ、もうすぐ……）

「……うっ！」

「っ！」

マチルダの予想よりもほんの少し早く、ケルネールスの雄芯が白濁を放つ。タイミングを逃したマチルダが避ける間もなく、熱い粘液が頬を汚した。

「……っ、汚してしまったな」

ケルネールスはようやくマチルダの手を解放すると、シャツの袖で飛んでしまった白濁を丁寧に拭い、マチルダを立たせた。

「いえ、大丈夫です……あの、陛下？」

無言のままマチルダを立たせたケルネールスは、入れ替わるようにマチルダをソファに座らせ、膝を突いた。まさか皇帝が膝を突くとは思ってもみなかったマチルダはぎょっとして慌てて立ち上がろうと腰を浮かせた。

「あの、いけません……陛下ともあろうお方が膝を突かれるなど……」

目のやり場に困りながらもマチルダは懸命にケルネールスに伝えるが、本人は意に介さない。それどころかマチルダのドレスの裾をめくり上げる。

「へ、陛下？」

押さえようと伸ばした手をあっさりと避けられ、スカートの中に手を入れられる。たいした抵抗もできないうちに下着がずり下ろされケルネールスの肩越しに放り投げられた。

「だっ、抱いてくださるのですか……っ」

そのための奉仕だったのに、いざそうなると動悸が止まらない。マチルダが戸惑いの声を上げると、ケルネールスが息を逃がすようにしてから口を開いた。

「抱かない。ただ、さみしがっているマチルダを慰めようとしているだけだ」

持っていろ、とスカートの裾を差し出されたマチルダは反射的にそれを受け取ったが、いやそうではない！　と奮起する。

「さみしがってなど……ひゃう！」

ケルネールスに無理矢理、脚を開かされたマチルダはその濡れたあわいを暴かれて高い声をだしてしまう。

それは二人以外誰もいない、広い執務室の空気を大きく震わせ響いた。

「さみしがって涙を流しているではないか……強がらずともよい、任せよ」

なにをするのか、と思った直後、すぐにその行為に既視感を抱いて頭に血が上った。さきほど自分がケルネールスにした事をやりかえすつもりなのだ。

いけない、皇帝にそのような事をさせるわけには……！

しかしとき既に遅し。一足早くマチルダの濡れた肉襞に熱い息が掛かったかと思うと、柔らかく敏感な場所に同じくらい柔らかいものが押し付けられた。それがケルネールスの唇だとすぐに理解したマチルダは動揺を隠しきれなかった。そこに口付けられたことはもちろんショックだった。

だが、それ以上に『なぜ？』という気持ちが消えない。それにケルネールス以外知らない場所とはいえ、不浄な部分に触れられるのには強い抵抗を感じた。

「やっ、やめてください……っ！　あ、あぁ……っ」

しかし行為は更にエスカレートしていく。

すぐにケルネールスの舌が伸ばされ、ひとつひとつ襞を確かめるように舐ると蜜をすくい取られる。挿入とは違う種類の快感に思考が蕩けそうになる。

止めなければと思うのに、マチルダにできることといえばスカートの裾を持つことと、甘い声を上げることだけだった。

「……甘いな、信じられないほどに甘い」

感嘆するようなケルネールスの声が聞こえるが、意味が理解できない。しわになるのも構わずに、マチルダはドレスの裾を強く握った。ケルネールスの舌がにゅる、と蜜口から侵入し出し入れしながらじゅるじゅると溢れる蜜をすする音を聞きながらただ、喘ぐ。

そして故意か偶然か、ケルネールスが赤く熟れた秘玉を鼻先で押したとき、マチルダの中でなにかが弾けた。

「あ、……っああっ！」

びくびくと身体を痙攣させて果てたマチルダは荒い息をつきながら、このあと寝台で本格的に愛されるのでは、と期待に胸を弾ませた。

しかしケルネールスは口元を拭い、着衣の乱れを直すとマチルダのドレスの裾をおろした。

「西棟まで送っていこう。あたたかくして寝るのだぞ」

「……え」

まるで冷や水を浴びせられたような気がした。ここまでしておきながら、抱く気は一切ないということだ。

（なんで……抱いてはくれないのに、なんでこんなことを？）

顔を上げたケルネールスが怪訝そうな顔をして涙に濡れたマチルダの頬を拭った。しかしその手の温かさを感じることができなかった。自分でも不思議なくらい気持ちがささくれていた。

マチルダは薄化粧が崩れるのも構わずに行儀悪く手で目を擦ると、ケルネールスを押しのけるようにして立ち上がった。

「……失礼致しました。一人で戻れますので、わたくしはこれで」

ケルネールスを見ないように頭を下げると、マチルダは執務室を出た……いや、逃げた。

背後からマチルダを呼び止めるケルネールスの声がしたが無視した。

このまま逃げてもまた戦斧で扉をこじ開けられるかも知れないという考えが頭を過ったが、それでも今はケルネールスの顔を見たくなかった。些細《ささい》なことで泣いてしまう弱い自分を見られたくなかった。

(抱いてもらえない程度のことで、わたしはどうしてこんなに弱くなってしまったの？)

自問したところで答えはとうに出ている。ケルネールスはマチルダの事が好きではないのだ。欲を発散させるのに付き合ってはくれるものの、身体をつなげようとは思わない。そういうことなのだ。

その事実を突きつけられ、マチルダの目からは涙が湧き出てきて止まらないのだった。


ろくに眠れなかった夜が明け、泣き腫らした顔で起き上がるとヴィルマが悲痛な面持ちで待機してくれていた。すぐに朝風呂に入れられリラックスできるように、と香りのよい香油でマッサージをされた。

目元には温タオルと冷タオルを交互に当てられ、なんとか見られる顔にまで回復した。なにも言わずに心のこもった世話を施してくれるヴィルマに礼を言うと、ヴィルマが今にも落涙しそうに瞳を潤ませた。

「マチルダ様、どうか、一人で抱え込まないでください。お心を病んでしまいます」

帝国の人間であるのにも関わらず、心を砕いてくれるヴィルマにマチルダは頭が上がらない。本当にありがたいと思っているのだが、詳細を語るのは躊躇われる。ヴィルマはどうもケルネールスとマチルダが相思相愛だと思っている節があるのだ。

いったいどこを見てそのような考えに至ったのかマチルダには謎なのだが今までは遠慮もあり、強く否定することはしてこなかった。

しかしもうそんな曖昧なことでは立ち行かないところまで来てしまっている。マチルダはどうしても、なにがあってもクリスティーヌ（とファース）を無事にラムニル国へ帰さねばならないのだ。

＊＊＊

カドミーナはまるで既に自分がケルネールスの妃となることが決定したような傍若無人な振る舞いで、周囲からは酷く浮いていた。スライリ国から同行した侍女が諫めても聞く耳を持たない。次第に孤立していったがそれでも行いを改める様子はなかった。

カドミーナはスライリ国王の正妃の子として生まれはしたものの、四女という立場から、我が儘放題に歳を重ねた。特に熱心に教育を施されたわけではなく、かといってぞんざいに扱われもしなかった。幼いカドミーナは周りの気を引きたくてより奔放に振る舞った。

事件を起こすと大人達が慌てて自分に寄ってくるのを面白いと感じた。しかしそれが好意から来るものではないと知ったのは性格の矯正も難しくなってからだった。

いつしかカドミーナは自分のことを腫れ物にように扱う祖国を憎むようになった。自分の価値を正しく評価しない愚か者の国。いつか皆を見返してやるのだと思っていた。ムイール帝国からの舞踏会の招待はそのいい機会となった。国内のライバル……主に姉妹や従姉妹《いとこ》を陥れて蹴落として、舞踏会に参加する正式な代表になったときは、すでに自分が大帝国の皇妃に決定したような喜びようだった。

美貌も地位も持ち、弁も立つカドミーナはうわべだけ見れば理想的な皇妃候補となっただろう。しかし中身まで国の代表として恥ずかしくないよう教育を施したり諫めようとしたりする者は居なかった。居てもカドミーナに睨まれた。

このまま送り出すのは恐ろしいが、カドミーナとて帝国で愚かな振る舞いはしないだろう、どうせ選ばれることはないだろう、と、皆、高をくくっていた。カドミーナは顔こそ美しい母親に似ていたが性格はお世辞にもまっすぐとはいえず、人を小馬鹿にしたような、下に見ているような表情が染みついていた。

侍女たちはカドミーナがスライリ国の威信を傷付けないように目を光らせるよう厳命されていたがあまりの態度にそれを諦めつつあった。

それほどに最近のカドミーナの態度は目に余った。

「食事の内容に納得がいかないわ、宰相殿を呼んで」

「王女様、大帝国の宰相様を呼びつけるなど恐れ多くてできません。どうかご理解ください」

侍女たちは日々エスカレートするカドミーナの要求にハラハラしていた。いつ帝国側から苦情が来るかと肝を冷やしてしていたが、一向にそのような気配はなく、逆に恐ろしさに震えていた。侍女たちはカドミーナよりも余程世情に詳しいのだ。

余計なことを言って帝国から睨まれるようなことはしたくはなかった。しかし、苦言を呈するとカドミーナからの折檻《せっかん》が待っていた。癇癪《かんしゃく》を起こすカドミーナの周りには侍りたくはないと専属の侍女がひとり減り二人減りしていくと行き届いた世話が立ち行かなくなる。

そうするとまたカドミーナの機嫌が悪くなり折檻が繰り返される。

侍女たちは頭を抱えていた。

「どうして未来の帝国皇妃がこのように不自由な生活を強いられるのかしら。そうだわ、陛下に帝国の有能な侍女を数人お借りできないか直接おねだりしてみようかしら」

恐ろしいことをとても良い思いつきのように口にするカドミーナを、侍女たちが処刑よりはましだ、と折檻を覚悟で止める。そんな殺伐とした空気でスライリ国に宛がわれた一角はどんよりとしていた。

＊＊＊

「マチルダ様に対する陛下の態度は酷すぎます。一旦マチルダ様を王女様のもとへお返しするべきです」

「……」

ヴィルマはケルネールスの執務室に押しかけ、強い口調で述べる。しかし、それを聞くケルネールスは渋い顔をする。

納得できないとわかる表情の最高権力者に臆することなく、ヴィルマは更に語調を強める。

「なにが引っかかっているのか存じませんが、陛下の我が儘がマチルダ様の気持ちに負担をかけているのは明らかです。このままでは気の病になってしまいます。それを陛下はお望みで？」

なぜ素直にならないのか、ヴィルマはそちらのほうが不思議だったが、ケルネールスは頑なにマチルダに対して殊更含みのある態度を崩さない。なにごとも迅速に対応するケルネールスにしては珍しいことである。

「……陰りのあるマチルダか……」

それもまたいい、とでも言いたげなケルネールスの表情にヴィルマが激高する。

「お巫山戯《ふざけ》にならないでいただきたいですわ！　陛下はマチルダ様のあんな塞いだ様子を間近で見ていないからそんな阿呆《あほう》みたいな顔ができるのですわ！　真っ赤に目を腫らして今にも命を絶ってしまうのではないかと心配になるほど思い詰めて……ああ、なんてお労しい！」

ヴィルマの剣幕にケルネールスは居住まいを正した。しかし、ヴィルマの提案にすぐ乗ることは躊躇われた。

ケルネールスとて考えなしではない。マチルダのことを一番に考えている。しかしマチルダの心の大部分を占めているのは自分ではなくクリスティーヌなのである。それに嫉妬を覚えないといえば嘘になる。

いや、嘘にならないどころか大いに嫉妬している。

クリスティーヌに向ける気持ちの半分でも自分に向けてはくれないだろうかと思わずにはいられない。

もしもマチルダを西棟からクリスティーヌの滞在する部屋に戻したとして、その瞬間に自分の事など忘れてクリスティーヌ一筋に戻ってしまうのではないか。

ケルネールスはそれがひどく恐ろしいのだ。

「まったく、情けないことだ……」

「ほら、またそれです！　思ったことの一部しか口にお出しにならないから誤解を受けるのです！　今の言い方ですとまるで『そんなことで思い詰めるなんてマチルダは情けない女だ』と言っているように聞こえます！　控えめに言って最悪でございます！」

ヴィルマから遠慮が剥《は》がれ落ちた。

皇帝に対してかなり失礼な事を言っているが、ケルネールスはそれを咎めようとはしなかった。反対に眉を顰めて反省の色を浮かべる。

「……ああ、そうか、そう聞こえてしまうのか。それはまずいな」

顎をさすり遺憾の意を表明するがヴィルマの気持ちはそんなことでは収まらない。いまにも地団駄を踏みそうな勢いである。

「だいたい、マチルダ様と陛下の威信、どちらが大事だとお思いなのですか！」

「そんなこと、マチルダのほうが大事に決まっている」

比べるのも烏滸《おこ》がましい、とキッパリと言い放つケルネールスにヴィルマはがくりと肩を落とす。為政者としては失格かも知れないが、一見マチルダを思っているようなケルネールスの返答に絶望したのだ。

「ならば！　なぜ！　マチルダ様のための行動をなさらないのですか！　マチルダ様がどんなに苦しんでいらっしゃるか！」

あまりの剣幕にケルネールスが身を反らせるがその分ヴィルマが前のめりになる。この場に宰相がいないことをケルネールスは幸運に思った。

普段からヴィルマのケルネールスに対する遠慮のなさにいい顔をしない宰相がいたら、この場は宰相とヴィルマの決闘の場になっていたかもしれない。

宰相はケルネールスに期待しすぎている。

取り繕うのが異様にうまいことと容姿とが相まって、そこはかとなく万能感が漂うケルネールスに心酔しているのだ。

戦狂いの先帝と比較すれば賢帝にみえるのかもしれない。

賢帝であってほしいという思いが強いのかもしれない。

何度諫めても戦をやめようとしなかった先帝に戦争の無意味さを訴え続けだが、聞き入れてもらうまでに数年を要したことを気に病んでいる。その間に失われた人の命と未来と時間をいつまでも惜しんでいる。想いを抱え続けている。

戦争は人と国を疲弊させる。逝《い》った者にも残された者にも確実に傷を残す。

しかし先帝の後を引き継ぎ、最短で争いを治めるために戦を勝利に導き、最低限の犠牲に留めた功績はあれど、今、ケルネールスは、好いた女の前で素直になれず幸せにできずにいる。

「しかし」

「しかしもカカシもない！　マチルダ様になにかあったら絶対に許しませんよ！」

少しだけ残っていた遠慮もかなぐり捨てたのか、ヴィルマは昔の口調で言い放つと、ケルネールスを指さした。

「……ああ、わかっているさ。乳母殿」

ケルネールスとてマチルダの不調は知っている。妊娠とは身体の不調とともに心にも影響を及ぼすのだろう。

だからこそ切れそうになる理性を総動員してマチルダを抱かないという決意をしたのだ。しかし逆にマチルダから仕掛けられ理性の糸が切れかかった。それでも挿入しなかったことは褒めてほしいものだ、とケルネールスは密《ひそ》かに胸を張る。それほどにあの夜のマチルダは官能的だった。

膝にしなだれかかり、そしてケルネールスの中心に手を伸ばしたマチルダ。まさかケルネールスと会うまで純潔だったマチルダがそのような行為に及ぶとは想いもしなかったケルネールスではあるが、実際そのぎこちなさにえもいわれぬ満足感を覚えた。

「わかったのならば、今夜は西棟にいらしてください！　真夜中ではなく、早い時間に……そう、晩餐《ばんさん》をご一緒されるといいでしょう」

「まて、今宵の晩餐は会議を兼ねて大臣たちと……」

早急に案件を片付けてしまわなければいけないのだと続けようとしたが、ヴィルマが鬼のような顔で睨んだため、ケルネールスは反射的に口を噤んだ。

「おっさんたちと食べる晩餐と、愛しいマチルダ様と食べる晩餐、どっちが美味しいとお思いですか？」

凄むヴィルマの背後に青白い炎を感じて、ケルネールスは唾を呑みこんだ。

「もちろん、後者に決まっている……」

ですよね！　と笑顔になったヴィルマは足取りも軽く執務室を出ていった。その後ろ姿を呆れ顔で見送りながらも、ケルネールスはヴィルマが背中を押してくれたことを有り難く思っていた。

献身的にマチルダに尽くしてくれている。

「本当にありがたいことだ……。ふむ、このようにいちいち言葉に出すといいのか？」

ケルネールスは何度か頷くとすぐに行動を開始した。まずは今夜予定していた晩餐のキャンセルと時間の調整をするべくベルを鳴らして侍従を呼んだ。

第四章　あまい、にがい

西棟には使われていないものも含めて食堂がいくつかあるが、マチルダは初めてこぢんまりとした食堂に通されて首をひねった。

特に不満があるわけではないが、いつもと違う食堂にわざわざ通された意味がわからなかったのだ。ヴィルマに聞いても「特に意味はございません」と言われるだけだった。

（もしかして興味を失ったお手つきは徐々にこうやって隅のほうに追いやられてしまうのかしら……いえ、ヴィルマさんはそんな人ではないわ）

食事を取る場所など些末。

それよりもマチルダはどうしたらクリスティーヌ（とファース）をラムニルに帰すことができるのか考えなければならない。

（陛下を籠絡するのは難しそう……ならば同情に訴えるとか……？）

泣き落としが有効な手だとは思えなかったが、試せることは全て試そうと拳を握ったマチルダは、食堂の扉が開いたため居住まいを正した。

ヴィルマが料理を運んできたと思ったのだ。

しかし、そこにいたのはケルネールスだった。

「へっ、陛下!?」

あまりのことに声が裏返ったマチルダは、ハッと気付いて腰を上げる。皇帝が立っているのに自分が着席している事実に思い至ったのだ。

「そのままでよい」

ケルネールスは手で座るように示したがはいそうですか、と座っているわけにもいかない。マチルダは曖昧な表情を浮かべて首を傾げた。ケルネールスが突然訪ねてくるのは多いが、このようなパターンは初めてだった。

「どうされたのでしょう……なにか、ございましたか?」

よくないことか、とマチルダはごくりと生唾を呑んだが、ケルネールスは軽く息をつく。

「いや、マチルダと晩餐をとろうと思ってな……構わないだろうか」

「構うもなにも……あ、でも」

マチルダは辺りを見回して顔を曇らせた。

いつもの食堂であれば広く余裕があるため、すぐにケルネールスの分の食事も整うだろう。

しかしよりによって今日はこぢんまりとした食堂で、マチルダが座ったテーブルは二人分の皿は乗らない気がする……乗ったところで詰めて置くとなると優雅さに欠ける気がする。

大帝国の皇帝の晩餐の席としては適当ではないように思われた。その戸惑いを汲《く》んだのか、ケルネールスは構わない、とマチルダの向かいに座り、微笑んだ。

「小さなテーブルのほうがお前との距離が近い」

「……!?」

突然の発言にマチルダは目を見開いてじわじわと頬が熱くなるのを感じていた。

しかしそれを額面通り受け取っていいものか迷っていると、配膳のためにカートを押してヴィルマが食堂に入ってきた。

（よかった、ヴィルマさんなんとかしてください！）

マチルダの縋るような視線にすぐに気付いたヴィルマは『お任せください！』といわんばかりに微笑むと食前酒のグラスをテーブルに二つ置いた。

「今日の食事は料理長が腕によりと命をかけて作りました。ごゆっくりお楽しみください」

うむ、と鷹揚《おうよう》に頷いたケルネールスと『そうじゃなくて！』と項垂れるマチルダの温度差は激しかった。


しかし機嫌よさげに食事を始めてしまったケルネールスに対していまさら異を唱えるわけにもいかず、マチルダはカトラリーを手にしながら身を固くした。

ケルネールスの意図が読めなかった。

近付いたり離れたり。気持ちがどこを向いているのか全くわからない。

（わたしごときに気持ちを読まれるような皇帝ではないのだろうけれど）

ますますケルネールスとの距離を感じてマチルダは小さくため息をついた。するとそれに気付いたのか、ケルネールスが眉間にしわを寄せた。

「口に合わないか?」

「っ、いいえ、とても美味しいです」

変に沈んだ顔をしていると料理長にとばっちりがいってしまう、と気付いたマチルダは慌てて笑顔を作り、料理を口にした。

「……やはり体調が優れないのか」

ケルネールスが食事の手を止め、まっすぐにマチルダを見た。その視線は責めているような色はなく、マチルダは戸惑う。そこに見えた感情が『不安』だった気がしたのだ。

(まさか。ムイール帝国の皇帝ともあろうお方がわたしの体調ごときで不安を抱くなど、あり得ないわ)

「私のマチルダに対する今までの態度を鑑《かんが》みればそれも致し方ない。しかし弁解させてほしい」

ケルネールスはカトラリーを置くと、ずい、と前のめりになった。その瞳は真剣そのもので、マチルダはその緊迫した空気に思わず息を詰めた。

いったいなにを言われるのか。ケルネールスは弁解と言うがそれが必ずしもマチルダの都合のいい方向に転がるとは限らないのだ。

「マチルダ」

「は、……はい!」

やや食い気味に返事をしたマチルダは顔面に力を入れてこれから来るであろうケルネールスの言葉の圧に耐えようとした。しかし、衝撃は別方向からマチルダに襲いかかった。

「……お前には、これからもずっと帝国に居てほしい」

きりり、と言い放ったケルネールスにマチルダは青ざめた。

これから策を講じてクリスティーヌ（とファース）をラムニル国に帰そうとしている中で、あわよくばマチルダも帰国の途につけたらと内心考えていたのだ。

マチルダにとってはクリスティーヌの傍にいることが一番の喜びだ。帰るなら一緒にと思っていた。だがケルネールスがマチルダを帰さないという心積もりであるのなら……。クリスティーヌの幸せのためならば帰国を諦めざるを得ない。

ケルネールスの本意がどこにあるのかわからないが、今この機会に交換条件を持ち出すのだ。そう思っていても喉が張り付いたようになって声が出ない。

いざクリスティーヌと離れると考えた途端、胸が締め付けられるような痛みがマチルダを襲った。

「……っ」

「お前はずっと私の傍に……、どうした？」

ケルネールスの声は届いていなかった。マチルダの中にはクリスティーヌと離ればなれになる苦痛が全身に蟠っていた。顔は青ざめ瞳は潤んだマチルダがブルブルと震えながらケルネールスを見た。からからに渇いた喉から絞り出すように言葉を紡ぐ。

「陛下はどうしてわたしをお傍に置きたいと思われたのでしょう……」

「マチルダが気に入ったからだ……どうした？」

マチルダの異変に気付いたケルネールスが目を眇めて腰を浮かせた。心配そうにマチルダに伸ばされた手を、顔を背けて避ける。

「もし、わたしがそれを承知したら代わりにお願いをひとつ聞いていただけますか？」

顔を背けたままでは失礼にあたる、と正面のケルネールスに視線を合わせた。しかし視線は冷たく鋭く、おねだりをしているような雰囲気ではない。

「……ふむ。いいだろう。どんな願いかは知らないが、それでマチルダを留め置けるのであれば是非はない」

ケルネールスが目を細める
「では……我が主クリスティーヌ様を皇妃に選ばず、ラムニルに帰すと、約束してくださいますか？」

「なんだと？」

ケルネールスが眉間にしわを寄せて低い声で問う。

それはそうだろう。今までマチルダはクリスティーヌの忠実な侍女としてケルネールスに売り込みのような発言を多くしていた。それが急に皇妃に選ぶな、と真逆の事を言ったのだ。

「マチルダを傍に置くという事は、すなわちラムニルの王女を皇妃にしないという事だから、それは構わないが……どうしたのだ？」

「ふ、深くは聞かないでいただきたいのです……だから、お願いなのです……！」

詳しく説明しろと言われても、とてもではないが真実を披露する事はできない。皇帝以外に恋人がいるからです、なんてことは失礼すぎて口が裂けても言えない！

両手を胸の前で組んで固く瞼を閉じるマチルダの必死さはケルネールスに伝わったらしい。皇帝ははあ、とため息をつくと再び椅子に腰を下ろした。

「忠義者のお前がいう事だ……事情があるのだろう。その約束は必ず守ろう。だが、そうであればマチルダも努力をしなければならない」

　ケルネールスは大国を総《す》べる皇帝としての貫禄《かんろく》で重々しく言い放つ。自分の前では可愛らしい側面を見せる事もある彼との差を感じて、マチルダは身を強ばらせる。ごくり、と緊張に喉を鳴らしたが、ケルネールスは目を細める。

「マチルダは私の伴侶として健やかであるように」

「は、伴侶？」

　マチルダは耳を疑った。いやにあっさりとクリスティーヌの件を承諾してくれたと思ったら、とんでもない交換条件を言われたような気がする。混乱が伝わったのか、ケルネールスは自信たっぷりに口角を上げる。

「マチルダ、お前を皇妃にするということだ」

「なにを……なにを仰せですか？　え、クリスティーヌを帰国させる条件が、わたしが皇妃になること？　傍に侍るとは侍女としてではなく？　そんな事をして一体帝国になんの得が？」

　混乱して頭を抱えるマチルダの向かいでケルネールスもまた渋い顔をする。

「……私の気持ちは少しも伝わっていなかったという事か？」

『恐らく……！』

　横に居たヴィルマは声に出さずに心の中で同意し、心底ケルネールスを気の毒だと思った。

　いくら言葉が足りないとはいえ、それをカバーして余りあるほどに身体で伝えたであろう皇帝の気持ちが、マチルダの前では無力だったことがここに証明されたのだ。

「私は決して適当なことを言っているわけではない。自分の言葉の重さは十分承知している。この気持ちは他の誰に対するものとも違う……愛しているのだ、マチルダ」

ケルネールスの言葉にマチルダは即座に反応した。

「でも、帝国の皇妃としてふさわしい王女が数多くいらっしゃいます、それに私の身分は……」

言い淀むマチルダに対してケルネールスはきっぱりと言い放った。

「確かに今すぐには無理だが、私がなんとかする……いや、してみせる。お前以外を娶る気はないのだ」

ケルネールスは静かに立ち上がるとマチルダの手を掴んだ。その手を振りほどこうとマチルダが身動《みじろ》ぎをしたがケルネールスはそれをものともせず、マチルダを横抱きにした。

「待って、下ろしてください陛下、あ、愛しているなんて、皇妃なんて……わたし今とても混乱していて……考えを纏める時間をください……！」

手足をばたつかせるマチルダは、それでも言葉の意味は違わず受け取ったようで顔を赤く染めてケルネールスを見る。マチルダはこのように、まるで姫君のように扱われるのは慣れていない。それに愛しているなど、家族にしか言われたことがない。ケルネールスの熱い視線に射られて羞恥で気を失ってしまいそうだった。

「マチルダに必要なのは時間ではなく、私の想いを正確に受け取る事だ、そうは思わないか、ヴィルマ」

ケルネールスはヴィルマに目配せをすると、長い足を活かして大股に食堂を出ていった。

これが皇帝でなかったら、自分を意のままにしようとする男など拳を振り回して、昏倒《こんとう》させてでも逃れただろう。しかし自分を愛していると言うケルネールスにそのような狼藉《ろうぜき》を働くことは、いくら動揺していたとしてもできなかった。

心の中には動揺と戸惑いと、そして間違えようもないほどのケルネールスに対する想いがぐちゃぐちゃに入り混じっていた。愛していると言われてマチルダの心は間違いなく、喜びに震えているのだ。

「あの、本当に……、お願いですから、陛下……っ」

口でいくら言っても下ろしても離してもくれないケルネールスに、もうどうしていいかわからなくなったマチルダは感極まって視界が滲み、ついに大粒の涙を零した。しゃくり上げる声で泣いていることを知ったケルネールスがぼそりと呟く。

「泣くな……それとも泣くほど嫌なのか」

「いやじゃないんです……勝手に流れてくるんです、いくら泣くなって言われても、そんな急には止まらない……！」

ケルネールスは片手で器用に扉を開けると、涙声で反応を返すマチルダを寝台に下ろした。そしてそのまま両腕で囲い込むと、ずい、と身体を寄せた。

「私とて無理強いする気はない……だから正直に答えてくれ、マチルダは私のことが好きか？」

碧玉の瞳が探るように覗き込んでくるのを、マチルダは泣き濡れた瞳で見返す。美しい緑の瞳が揺らいでいる。自信満々の皇帝がなにを揺らぐのかと不思議に思ったが、マチルダは急に理解した。

（陛下もわたしと同じように、相手の気持ちがわからなくて不安なの？）

大帝国の皇帝が、こんな小国の侍女相手に。

しかしそれはマチルダを大事にしているという証でもあった。権力を使い無理矢理に囲い込むことも可能な地位にありながら、それでも真摯にマチルダに愛を乞うているのだ。

その事実にマチルダは全身が熱くなった。

(わたし、愛されている……！)

喜びが全身から溢れ出たのが顔にも出たらしく、ケルネールスがようやく表情を和らげた。長い指がマチルダの頬をそっと撫でていく。

「目は口ほどに物をいう……しかしこういう時は言葉にしてほしいものだな」

「陛下……、わ、わたしも……好き……んむー！」

言うが早いか、ケルネールスがマチルダの唇を塞いだ。マチルダはその性急さに驚きケルネールスの胸を叩く。

「…これからはこうやって全身全霊でマチルダを愛する。覚悟はいいか？」

「な、……ん、んんっ！」

返事を待たずに再び唇が塞がれて、マチルダは目を白黒させた。

ケルネールスの唇と舌は巧みに動き、マチルダを翻弄した。

まるで嵐の奔流のような口付けに思考が散漫になり、気がつくとマチルダはケルネールスの首に手を回し、うっとりと口付けを受けていた。

唇が名残惜しそうに離れると今度は首や胸元に口付けが落とされた。ごく自然にドレスが乱され、露出した肌に、順にケルネールスが触れていく。その優しい仕草に、マチルダはドレスを脱がされているという意識を持てなかった。

ただ、ケルネールスからもたらされる甘い言葉と口付けだけがマチルダを満たした。

「お前には直接的な言葉で伝えなければ意味がない事がよくわかった。私がこんな事をしたいと思うのはマチルダ、お前だけなのだぞ？」

「でも、……う、んんっ」

反論しようとするとすぐに口が塞がれて考えが霧散してしまう。舌を吸われ絡め取られ、空気を求めて大きく開いた口もすぐに塞がれる。

「お前が王女を大切に思う気持ちは理解するが……それと同じくらい、いや、それよりも深く切実に私はお前を求めているのだ……わかるだろう？」

「あ、……ふ、あぁ……っ」

言葉を裏付けるように、マチルダに触れるケルネールスの手が優しく熱い。その熱に浮かされるようにマチルダは自分が頷いたような気がした。こんなにふわふわした気持ちになるのは初めてだった。気がつけばマチルダは一糸まとわぬ姿になっていた。

「マチルダ……」

ケルネールスが低くマチルダを呼ぶ声に背筋が震えた。魂が引き寄せられるような心許ない感覚が全身を支配した。

縋るようにケルネールスの首に腕を回すと唇が何度も重なり、啄まれるうちにマチルダは自分から口付けを強請るように唇を開くようになった。

寝室には二人の息遣いと手足がシーツを滑る音だけが響いた。

言葉よりも身体を合わせるほうが気持ちが伝わるような気がして、隙間なく抱き合い、口付けた。絡み合う足が互いを刺激し自然に擦り合わされる。

マチルダは猛るケルネールスの感触に喜びを感じていた。自分に触れて興奮したのかと思うと腹の奥がキュンと疼く。しかしケルネールスはすぐにマチルダの中に入ってこようとはしなかった。雄芯にマチルダの蜜をまとわせ押しつけはするもののすぐに腰を引き、口付けを繰り返す。

マチルダは焦《じ》れた。あわいはケルネールスを求めて潤み、奥はきゅうきゅうと痛いほど収縮を繰り返すのに。ケルネールスは自ら『マチルダを求めている』と言ったのに……。

不満が顔に出たのだろうか、ケルネールスが眉間にしわを寄せて口を開いた。

「そんな顔をするな……今無理をして腹の子になにかあっては大変だろう」

「は、……腹の子？」

場に似合わない素っ頓狂な声を上げたマチルダは、寝台の上に蟠っていた淫靡《いんび》な雰囲気を吹き飛ばしてしまった。

「安定しない時期に奥まで突き入れるのは御法度だと……うん？　違うのか？」

聞けば近頃のマチルダの不安定を、妊娠によるものだと思っていたらしい。マチルダはケルネールスとのすれ違いの理由をようやく理解し、顔から火が出そうなほど赤くなった。だからケルネールスはよく身体を冷やすな、と繰り返し言っていたのだ。

「違います、妊娠していません……！」

「そうなのか？　ここのところ具合が悪そうだったし、いつもたっぷりと奥まで注いでいたからてっきり

「……」

「うわあああ！　なんてことを仰るのですか！」

間違ったことは言っていないが、あけすけに言葉にされるとマチルダも平常心でいられない。顔を両手で覆い羞恥に耐えているると、その手にケルネールスが触れた。

「？」

「……ならば、我慢をしなくともいいと言うことだな？　今日も、奥まで……じっくりマチルダを愛したい」

改めてマチルダに濃厚な口付けをすると、ケルネールスは身体中にくまなく触れた。ただの皮膚がケルネールスに触れられることによって甘い官能を受け入れる器官に変わるのを、マチルダは感じていた。


「んっ、あぁ……っ」

マチルダは既に何度も絶頂に押し上げられて疲労でシーツに沈んだ。じっくり、と言う言葉通り指で、舌であらゆる官能がマチルダに与えられたが、肝心のものが与えられないまま、熱が溜まる一方の身体を持て余していた。

「陛下……、へいかぁ……っ」

どこまで高められるのか、終わりはあるのか。

果ての見えない甘い交わりは恐ろしい。マチルダは普段なら決して口にしないような甘えた口調になっているのにも気付かず、ケルネールスに縋る。

「もう……、もう来てください、わたしの中に……陛下……っ」

腰を揺らめかせ懸命に懇願するマチルダに、ケルネールスは喉を鳴らした。人に媚《こ》びないマチルダが淫らに自分を誘う様にこれ以上ないくらいに興奮している。

「マチルダ……いいだろう、望むものを与えよう」

「あぁっ……」

眉を下げて破顔するマチルダの中にケルネールスが愛しいと思う気持ちが溢れた。

ケルネールスはマチルダの膝に手を掛け大きく開かせると潤みきった秘裂に痛いほどに昂ぶった雄芯を擦りつけた。

早く、……早く欲しい、と逸る気持ちのマチルダだったが、なかなかその瞬間が訪れない。焦れてケルネールスを見ると、満遍《まんべん》なく蜜を塗りつけながら、ヒクヒクと震えるマチルダの花弁を見つめていた。

「や……っ、なにを見て……！」

「素晴らしい光景だ。私を欲して震えている……ああ、これ以上なくらいに昂ぶる。マチルダ、泣いてもやめてやれないかもしれない……この先お前を離してやれる自信がない」

先端を秘裂に押し当てられると、その熱さにマチルダの身体がしなやかに跳ねた。

「あっ！　あぁ……っ！　陛下……！」

「そう急くな、ゆっくりと味わわせてくれ……」

その言葉通り、ケルネールスは今までにないくらいゆっくりと侵入した。相変わらずの隘路に顔を顰めたが締め付けの心地よさにすぐに顔を緩める。

「ああ、なんという……マチルダ、このような恍惚《こうこつ》は初めて味わう……」

「ふ、あ、……あぁっ！」

すぐに奥まで入らず入り口を解すようにゆっくりと抽送する動きに、マチルダの神経は焼き切れそうだった。ぐちゅぐちゅと淫らな水音がずっと鼓膜を犯している。

しかし困ったことに、それが嫌ではないのだ。苦しいほどだったがそれ以上に大きな幸福感がマチルダを満たしていた。

「陛下……っ、ああ、……どうしよう……っわたしっ！」

中がきゅうきゅうとケルネールスを締め付けてしまうのを止められない。中が締まるとケルネールスの雄芯が引かれてしまうのが悲しかった。

「熱いの……、奥まで……っ陛下……ァ」

「堪らない……なんて淫らで美しいのだ、マチルダ……っ」

ぐっと突き入れてもすぐには奥を突かない。膣壁をくまなく調べるように細かく抽送するケルネールスはマチルダのいいところを全て暴こうとするように入り口と言わず奥と言わず、あらゆるところをねちっこく翻弄した。

少し前までの物足りなさを払拭するような熱量で、ケルネールスはマチルダを愛した。決して乱暴ではないがその抱き方には隠しようのない執着が見られた。

マチルダはひっきりなしに襲ってくる快楽の大波に翻弄され、声が嗄《か》れるまで鳴いた。

「…………」

翌朝、寝起きにしてはだるい朝を迎えたマチルダは困惑した。疲れがまったくとれていない。なんなら疲労感は増している。

それに加え、今までにも何度か経験したことのある、『起きたらケルネールスに抱き締められている』という現象が発生していたが、今回はそれに『絡みつくように』という注釈が追加されていたのだ。

（しかも、裸だし！）

互いの脚が毛布の中でこんがらがっているのはいいとして、密着した下腹部になにやら不穏な気配を感じ、マチルダは息を呑んだ。

（これは、アレよね……？　もしかしなくてもアレよね……？）

なにかしら？　とカマトト振るような年齢は通り過ぎた。ましてケルネールスと身体を重ねたのは今回が初めてではない。しかし、とマチルダは昨夜の交わりを思い出す。

甘い言葉を囁かれ、名を呼ばれただけで心と身体が蕩けた。ケルネールスがマチルダを想っていることがわかって震えるほど嬉しかった。

（……幸せだったわ、わたし）

きつく抱き締められているためケルネールスの表情は見えないが、それでも自分と同じ安らかな気持ちで眠っていてくれているような気がした。マチルダは額を目の前のケルネールスの胸板に擦りつけた。いつもの香《かぐわ》しさの中に汗の匂いを感じて思わず顔が綻んだ。

「……くすぐったい」

低く不機嫌そうな声が頭の向こうからして、マチルダは一瞬身を強ばらせた。

顔が上げられなくてマチルダは身を縮こまらせたが、それとは反対にケルネールスが毛布の中で低くうなると伸びをした。そしてふわあ、と気の抜けた欠伸をしてマチルダを抱き締め直す。

「おはよう、マチルダ。身体はつらくないか?」

しかしケルネールスの発した声は柔らかく、マチルダは身体を弛緩させた。ああ、抱き締められていていいのだと安堵が身体中に広がっていく。

次いで回されていた腕が背中や脇腹をサワサワと撫でていく感触に違う意味で身体が強ばる。昨夜の快感の軌跡を辿《たど》るような動きに思わず声が漏れる。

「ひゃ、へ、陛下……っ」

「マチルダのこの、脇腹からあばら、そして胸へと続く触り心地だが」

「え?　きゃ!」

すりすりと脇腹をさするように触れたあと、胸を下からもみ上げられて甲高い声が出た。

「うむ……いい、とてもいいと思う」

指が柔らかい乳房に食い込む。堪らず身を捩ると下腹にひたり、と熱い猛りが触れた。気のせいかも知れないが、さきほどよりも固く熱いような気がしてマチルダは顔が熱くなるのを感じた。

「あっ、あの……陛下……っ」

当たってます、とは言えず言葉を濁すが、ケルネールスはさも当たり前のことのようにああ、と反応を返す。

「起き抜けに可愛らしいマチルダを見てしまったからな、これは簡単には収まらぬ」

胸を愛撫していた手が毛布の下に潜り、太腿から鼠径部を経て閉じたあわいに指が差し込まれる。強引ではあったが、無理矢理暴こうとする意志はないように思えて、マチルダは脚の力をそっと抜いた。

「素直でなによりだ。昨夜の名残か……まだこんなに潤っている」

指を入れられるとそれだけで奥がきゅ、と切ない声を上げるようで、マチルダは唇を噛んだ。昨夜からケルネールスの態度が変わったような気がする。

なにを考えているかわからなかったケルネールスから、気持ちがマチルダに向かって流れているように感じられたのだ。まるで心が通じているようだと考えて、マチルダは頭を振る。

(危険だわ、こんなことではまともに頭が働かない！　恋をすると人は愚かになるという見本……！)

漏れそうになる声を押し殺しながらも、息が上がるのを抑えられない。ケルネールスが指を増やしクチクチと淫らな水音を立てているのだ。

「ん、……あっ！　ふ……、あぁ……っ」

ケルネールスの親指が、マチルダの秘芯を撫でるように数度往復したあと、ぐり、と強めに押し潰してきた。

「ひ、……あぁっ！」

マチルダは身体を震わせて達する。挿入されたままのケルネールスの指をあわいがビクビクと締めつけると、ケルネールスが、ふ、と笑った。

「……かわいい」

「へ？」

乱れた息を整えようと瞼を閉じたマチルダは、不意に耳に届いたケルネールスの呟きに目を見開き、間抜けな声を上げた。

快楽に弱いマチルダを笑ったのだと思ったのに、まさかケルネールスから出た言葉が『かわいい』とは。

聞き間違いかもしれない、いや、そうに違いないと息を詰めたマチルダは再び驚愕《きょうがく》する。ケルネールスが顔を寄せてマチルダの額に口付けしたのだ。

「ああ、あ、あの、陛下……？」

動揺のあまりどもるマチルダは顔を上げて更に動揺した。

自分を見下ろすケルネールスの顔が、あまりにも甘やかだったのだ。最初にまみえたときと同一人物とは思えないほど表情豊かなケルネールスに触れ、マチルダは頭が煮えるように熱くなった。

（な、なんて素敵なの？　今更ながら陛下の男振りは唯一無二だわ……！）

「なんだ？」

話し掛ける声音もマチルダに対する気遣いが見て取れてますます混乱する。

（聞き違いじゃないの？　本当にわたしのことをかわいいって……？　これじゃ……これじゃまるで……事後の恋人同士みたいじゃない……！）

静かな湖のような碧の瞳に見つめられると胸が疼く。マチルダの身体は正直だった。未だ突き入れられたままのケルネールスの指をきゅう、と締め付けてしまったのだ。

「……っあ！」

意思とは関係なく指を食い締めるはしたなさに、マチルダの顔は更に熱くなる。しかし思えば思うほどマチルダはきゅうきゅうと切なげに指を締め付ける。

「マチルダ……」

「ちが、……違うんです陛下、これは、その……っ」

しどろもどろになりながら言い訳を探すマチルダの唇を、ケルネールスのそれが柔らかく塞いだ。そしてゆるゆると指を動かしてから名残惜しそうに抜いた。

「ひうっ」

ずるりと引き抜かれた際、指を回すようにされたために敏感な入り口が物欲しそうにひくついた。

「このままマチルダとずっと寝台で過ごしたいのだが……そろそろ時間だ。続きはまた夜に」

ケルネールスはマチルダの蜜で濡れた指を舐めると口角を上げた。その淫靡な仕草にマチルダはまた頭が煮えそうになるのだった。


ケルネールスが退室してしばらくすると、遠慮がちに扉がノックされた。マチルダが慌てて寝具で肌を隠して返事をすると、入ってきたのはヴィルマだった。

「ご無事ですか、マチルダ様」

心配そうに眉根を寄せたヴィルマは、赤い顔のマチルダを見てあら、と声を上げた。どうしたのかと問うと意味ありげに微笑む。

「さきほど同じようなお顔をした陛下を拝見致しましたので。ふふ……。さあ、朝食に致しましょう」

それはどういうことだろうか、と口にしようとしてマチルダは両手を頬に当てた。自分が今考えていることと同じであればいいと思ってしまったのだ。マチルダはその気持ちを大事にしたくて口を閉ざした。

ケルネールスは目に見えてマチルダに対する態度を変えた。それはヴィルマを始め護衛騎士や宰相も目を瞠《みは》るものだった。

まず、言葉が甘くなった。

今までなら決して口にしなかった事を恥ずかしげもなく言うようになった。マチルダを見る視線も、対する物腰も柔らかくなった。面と向かって言う者はいなかったが、皇帝は小国の侍女に籠絡されてしまった、と口々に噂した。

「……陛下がお変わりになった、というのは本当なのね」

クリスティーヌは、ほう、とため息をついた。

護衛付きとはいえ、マチルダはクリスティーヌとの面会を許され、制約なく会うことができるようになっていた。それによってマチルダの精神面は飛躍的に安定し、ラムニルにいた時と同じように溌剌《はつらつ》としていた。

「まあ、多少対応はよくなったような気がします……でも、最近よく目が合うので困ります」

ティーカップを傾けながらマチルダが唇を尖らせると背後の護衛騎士ライオスが小さく吹き出した。どうしたのだ、というようにマチルダが振り向いたが、ライオスは口元を隠しながら気にしないでください、とジェスチャーを返す。

「まあ、それは陛下がマチルダを見つめている、ということよね。仲がいいことは良いことだわ」

ライオスが隠そうとしたことをクリスティーヌがあっさり暴露すると、今度はマチルダがむせた。

「ぶふっ！　な、なにを仰るんですかクリスティーヌ様！　そんなことはありません！」

軽く咳《せ》き込みながらマチルダは顔を赤らめる。しかし、否定をしながらも自分でもそう思っていたマチルダも吝かではない。クリスティーヌのニコニコと機嫌の良さそうな顔を見て、マチルダは声を潜めた。

「……本当に、そうでしょうか？」

「ええ、陛下はマチルダをこれ以上ないほど大事に思ってくださっているように思うわ」

クリスティーヌは慰めでいいかげんなことは言わない。

それを知っているマチルダは、テーブルの上で拳を握る。

確かにあの夜以来、寝台で身体を重ねるケルネールスはとても大事にマチルダを扱う。以前はあまりしなかった口付けも、今では隙あらば仕掛けてくるようになった。それが普通の恋仲のようで面映《おもは》ゆくもあり、不思議でもあった。

でも、とヴィルマが遠慮がちに発言する。

「お茶会に向けて皇妃候補がいよいよ数名に絞られたらしいのです」

「そ、その中にクリスティーヌ様は……」

ケルネールスとの約束があるため大丈夫だと思っていたが、実際に聞くまでは安心できないのも事実。なにしろ交換条件はマチルダが皇妃として傍にいる事なのだから慎重にもなるというものだ。

「含まれていないかと」

まだ秘された内容ゆえにヴィルマも自信を持って言えないのか眉根を寄せている。

しかしマチルダはほっと息をつく。

「姫様……ああ、ならばよいのですが……」

「それだけですか？」

ヴィルマが固い声で告げる。

常にない声音にマチルダが顔を上げると、厳しい表情をしたヴィルマがいた。

「この度の舞踏会は、陛下の伴侶を決めるもの……暫定《ざんてい》とはいえマチルダ様以外の女性が陛下の皇妃候補に選ばれているという事ですよ？」

喉元に冷たい刃を当てられたような気がした。

脳裏にケルネールスの隣で幸せそうに微笑む美しい誰かを想像して胸がずんと重くなる。しかし、マチルダは口角を上げた。

「陛下はわたしにかけがえのない愛をくださいました。わたしは陛下を信じています」

ケルネールスはマチルダを伴侶に、と口にしたことはうれしく思っている。

だが皇帝の皇妃問題は帝国にとっても大事である。宰相を始め皆の意見をまとめるのは並大抵の苦労ではないだろう。

しかしケルネールスは必ずマチルダを皇妃にすると言ってくれた。その気持ちを今は全力で信じたい。そう顔を上げると、クリスティーヌの白魚のような手がマチルダの手をそっと握った。

「陛下とそれほどまでに強く思い合っているのね、素敵だわマチルダ。きっと大丈夫よ」

花が綻ぶようなクリスティーヌの笑顔に励まされ、マチルダは拳を握り気合を入れなおした。

＊＊＊

ケルネールスは目の前の紙を見て目を細めた。

書かれているのはどれも美しく教養のある美姫の名だったが、ケルネールスの心を揺り動かすものではなかった。気もそぞろなケルネールスに宰相が咳払いをしてから口を開く。

「これまでの振る舞い、国としての釣り合い、そして美しさと教養……。その中の姫ならば誰も否やはないかと」

さあ選んでください、と言わんばかりに胸を張る宰相に、ケルネールスは冷たい視線を送った。

「マチルダの名が入っていない。私はマチルダを娶ると言ったはずだが？」

ケルネールスの地を這うように低い声は、聞く者を震え上がらせるには十分な響きを持っていたが、宰相はものともしない涼しい顔でのたまう。

「侍女殿は帝国が招いた皇妃候補の姫ではありません。侍女殿を強引に皇妃にして帝国にいったいどのような益が？　リストの姫を娶る半分もございませんでしょう」

「そんなにリストの中の姫が気に入ったのならば、お前が娶ればいいものを」

「なにを仰います！　どれも勝るとも劣らない姫であるというのに」

今一度紙に視線を落としたが、ケルネールスが本当に選びたい者の名は書かれていなかった。

マチルダ以外は誰を選んでも同じだ。

どんな美姫を皇妃として迎えたとしても情を交わすことはないだろう。それはあまりにも不幸だ。

せっかく美しく花開こうとする者を心が通わないと知っている帝国に捧げさせるのは酷だ。

ケルネールスは机の上のペンを手に取ると余白にサラサラとペン先を走らせて宰相に手渡した。てっきり了承のサインをしたためたのだと思い、恭しく紙を受け取った宰相はそれを見て息を詰まらせた。

そこにはラムニル国マチルダ・フェローと書き入れられていたのだ。

「へ……っ、陛下……私の話を聞いておられましたか！」

「宰相こそ私の話を理解していたか？　私はマチルダを皇妃にする。マチルダ以外の女性はいらぬ。どうしても候補者のリストを作るというならマチルダの名を一番上に書き入れろ。話は以上だ」

これ以上の発言は許さぬと唇を引き結んだケルネールスを見た宰相はため息をつくとケルネールスの前から退出した。

第五章　『寵妃《ちょうひ》』と暗殺

そして茶会当日。今日の茶会の意味を知らない者はいない。舞踏会直前の茶会は皇帝が参加し、皇妃候補を見極める重要なものだ。

みなここぞとばかりに着飾り胸をときめかせてケルネールスを見つめている。その中にはマチルダも列席していた。クリスティーヌの侍女としてではなく、候補の一人として、である。マチルダはやんわりとそのような華やかな席に参加できる身分ではないと断ったのだが、クリスティーヌが承知して許可を出した事に否とは言えなかった。

瑠璃《るり》色のドレスを身に纏うクリスティーヌに並び、マチルダはピンクパールのドレスを分不相応だと感じながらも着ていた。このような女性らしいドレスではどう考えても浮いてしまうと落ち込んだがクリスティーヌと居る限り、自分は誇り高くいなければ、と胸を張る。

「前に行かなくてもいいの？　マチルダ」

「いいえ、とんでもございません」

気を遣うクリスティーヌに苦笑いを返すマチルダは、ケルネールスがいる辺りからざわついた空気を感じて顔を上げた。なにやら華やかな茶会に不似合いな不穏さに、自然とクリスティーヌを庇うような体勢になる。

「なにかしら？」

「様子を見て参ります……ファース様」

姫様を頼みます、と目で合図をして、マチルダはなるべく周囲を刺激しないよう、気をつけて様子を窺う。

人の波の間から見えたケルネールスは椅子に片肘をついて気のない様子だ。

「では、陛下のお心は既に決まっているということでしょうか。この茶会に意味はないと」

どこかの姫が気丈にも発言した。

「いかにも」

ケルネールスの返答に辺りがざわついた。

当然だろう。

皇妃を決めるからと集められたのに既に決まっていると言われては自分達の立つ瀬がないのだから。

「私には心に決めたものがいる。他の女性には心が動かされないのだから仕方がないだろう。私は一人、私の妃もただ一人。二人同時に愛するような不誠実な事はせぬ」

ケルネールスのあまりに飾らない言葉にざわめきが大きくなる。

隣で宰相が慌てたようになにかを言い繕うが、ケルネールスは意に介さない様子だ。それきり口を噤んだケルネールスに、茶会の雰囲気は悪くなる一方だった。

いくら大帝国といえど、これはあんまりだと誰もが思ったとき、気の強そうな声が上がった。

「よろしいではありませんか。隠されるよりも気持ちいいですわ。ですが、大帝国の皇帝にただ一人の女性しか侍らないというのは些か問題ではありませんか？　現皇帝は後宮もお持ちではございませんし、これでは跡継ぎのことで問題が起きるやも知れません」

流れるように話し始めたのはスライリ国のカドミーナ王女だった。

謹慎を言い渡された後も問題のある行動があり、他国の王女達とも交流はしていなかったカドミーナだったが、ここに来て急に発言をしだした。

「なにが言いたい」

ケルネールスが感情の乗らない声で発言の真意を促すと、カドミーナはケルネールスに忠誠を誓うように優雅に頭を垂れた。

身体のラインが出る扇情的なドレスを纏い、堂々と前に進みでる様子は人の目を引いた。

「心が通じずとも子はもうけられます……陛下ほどの美丈夫であればお情けをかけていただけるだけでも喜びと思う者もおりましょう」

顔を上げたカドミーナ王女は自信に溢れていた。マチルダを陥れた時のような稚拙な雰囲気は消え失せている。

「かくいうわたくしも、たとえひとときでも陛下と共にできるのであれば……そうね、皇妃ではなくとも……寵妃、というのはいかがでしょう？」

カドミーナの言葉にざわめきが大きくなる。過去に帝国で存在した後宮において、風紀の乱れの原因となった寵妃とは、便宜上『妃』と名のついた娼婦の頂点であった。

身分が低くても美しさと閨の技術があれば皇妃以上に贅沢《ぜいたく》ができると曲解した者たちがここぞとばかりに暗躍したのだ。人を陥れる事も厭わない者たちが生き馬の目を抜くような争いを繰り広げたことから、後宮は廃止され、今は誰も帝国内でその名を口にするものはいない。

侍女らしき女性が慌ててカドミーナを止めようとするが間に合わない。

「……王女が、娼婦の真似事《まねごと》をすると？」

「恐れながら、陛下は既に娼婦をお持ちかと」

ケルネールスに絶妙な間合いで切り返したカドミーナの言葉は、マチルダをその場に凍り付かせるのに十分効果的だった。

四方からの視線が肌に刺さったのを感じ、マチルダは唇を引き結んだ。しん、と空気が張り詰め、誰もがケルネールスの次の言葉を待った。

「王女は命が惜しくないらしい。今の発言は帝国と、皇帝たる私をも侮辱している」

ケルネールスの声音はどこまでも静かで不気味だった。誰も発言をできないまま硬直していると、彼は玉座から音もなく立ち上がり、手のひらを肩越しに侍従に見せた。それを見たマチルダはぞくり、と全身の皮膚が粟立つのを感じた。

それは紛れもなく剣を寄越せという仕草だったからだ。

このままではカドミーナ王女の身が危ないと誰もが危惧した矢先、のんびりとした声がした。

「言い方はともかく、案外名案なのではないでしょうか？　帝国としては皇帝陛下の血が途絶えないことが第一ですからな」

「……宰相、正気か貴様」

発言したのはケルネールスの横に侍る宰相だった。凍えるようなケルネールスの視線に晒《さら》されながら顎を扱き口元は微かに微笑んでいるようにも見えた。

「正気ですとも。賢帝であるなら先の先まで考えねばなりませんからな」

宰相は至極当然とばかりに頷くがケルネールスは眉間にしわを寄せたままだった。タイミングを失ったのか、冷静さを取り戻したのか、剣を取ろうとしたのだけは思いとどまったらしい。

「先の事ならば考えている。もう私の心はただ一人に決まっている。その者以外は皇妃にするつもりはない。寵妃の件は絶対に許さぬ」

ケルネールスは気分を害したように立ち上がると会場を後にした。カドミーナの周りではひそひそと声が上がるがその声も宰相の一声で鎮まった。

「陛下は退出されましたが、みなさまはどうぞごゆるりとお過ごしください」

控えていた楽団が静かに演奏を始めたことで、場の空気が少し落ち着いた。そしてみなが突然現れた『寵妃』という可能性について話し始めた。


マチルダは足下が揺らいだ気がした。

目眩を起こしているのだと気付き、近くにあるテーブルに手を突いて目を閉じて息を整える。

「マチルダ、大丈夫?」

心配になったのか、クリスティーヌがファースを伴ってやってきた。マチルダは視線で大丈夫だと伝えるが足下はおぼつかない。

「顔色が悪いわ、あちらで休みましょう?」

自分がしなければならない気遣いを主にさせるなど侍女失格だと思いながらもその心遣いに涙が出そうになる。

マチルダは有り難くクリスティーヌの好意を受け取り、並んでソファに腰を下ろした。

「それにしても寵妃だなんて……大胆なことを考えるわね」

「帝国では後宮があった時代もありますし側妃《そくひ》として考えるならないわけでは……」

気を利かせたファースが持ってきた水で喉を潤しながら小声で会話をするが、気持ちは晴れない。なぜこんなにも衝撃を受けているのだろうと考えていると、クリスティーヌに手を握られた。

「大丈夫よ、公にはまだできないだろうけど、陛下はマチルダの事をちゃんと考えてくださっているわ」

「……ありがとうございます」

マチルダはクリスティーヌの優しさが嬉しかった。

(姫様に心配されるのは面映ゆい……)

気持ちが浮上してきたマチルダの耳に、宰相の声が届く。

「ではまずカドミーナ王女が仮の寵妃として陛下のお相手をなさるということでよろしいかな」

「私は構いませんわ。必ずや陛下を虜《とりこ》にしてみせます」

ケルネールスの意向を無視して話を進めているらしい。マチルダはケルネールスに心酔している宰相がなぜそのような愚行を犯すのかわからなかった。あれではケルネールスの信頼を損なってしまう。

ふらつく頭を押さえながら、グラスに残った冷たい水を一気に煽ってファースに渡すと立ち上がり宰相の元へ急ぐ。

「恐れながら、宰相閣下」

「……侍女殿、なにか？」

まるで汚いものでも見るように睥睨《へいげい》すると、宰相は目を細めた。

マチルダはその目つきに見覚えがあった。行儀見習いで城に上がった当時、マチルダを下級貴族だと蔑んだ令嬢達と同じような目つきだった。

それだけで宰相にどう思われているのか、考えずともわかった。

「わたくしの処遇はともかく、陛下は寵妃の存在を望んでいるようには見えませんでした。カドミーナ王女のような高貴な姫にそのような扱いは適当では……」

自分が意見する事ではないとわかっていたが、マチルダは言わずにはいられなかった。

ケルネールスの気持ちを汲むならばいざ知らず、真逆の事を信頼している宰相に勧められたら、彼はどんなに苦しむ事だろう。

しかしマチルダの心のひとかけらも理解していないような宰相はあからさまに舌打ちをして唇を歪めた。

「たかが田舎の小国に生まれた下級貴族ごときが私に意見など……死ねばいいのに。おや、失礼。本音が出てしまいましたな。私もまだまだ未熟です」

「……」

慇懃な態度で隠す気のない悪意を正面からぶつけられ、少なからずショックを受けたマチルダだったが、そんな事でへこたれるタマではない。

背筋を伸ばし斜《しゃ》に見ている宰相を逆に睨みつけた。

「陛下の望まない事を秘密裏にお進めになるなんて余計な軋轢を……」

「全ての元凶がなにをうそぶくのやら！」

勢いよく扇を広げて口元を隠すが笑っているのが隠し切れていないカドミーナは、自信に満ち満ちて嘲《あざけ》った。マチルダからしてみればいったいどんな根拠の上でその自信が成り立っているのかと甚だ疑問ではあったが、残念ながらそれを知る術《すべ》はなかった。

「皇妃を決めるために各国から美姫を集めたのに、この期に及んで妃を娶らぬと言うほうがよほど軋轢を生みましょう。私は帝国のために代替案を提示した、宰相閣下はそれを有益だと判断された。陛下は今、毒婦《どくふ》に惑わされて、正常ではない状態。まともな思考ができないのだわ。それに、身体から知ることも悪いことではないでしょう？　それはあなたが一番良く知っているはず」

マチルダは寒気を通り越して怖気《おぞけ》を感じた。

カドミーナは一見筋の通った事を述べているようでいて、ケルネールスの事を軽んじているような言い方をした。毒婦というのが自分を指す事はいい。他国の姫から見たらそう見えるのも仕方がない。

しかしだからといってケルネールスが異常であるという発言は看過できない。

宰相も眉間にしわを寄せて不快感を示した。

「どうか宰相閣下もカドミーナ王女も、賢明なご判断を」

「ふざけないでいただきたいわ！　私ほどケルネールス様と帝国の行く末を案じている者はいなくってよ！　それをなによ、自分が先に寝所に侍ったからといっていい気にならないで！」

とりつく島がないほどに激高するカドミーナ王女は、ツンと顔を背けると靴音も高らかに会場を後にした。

後に残された宰相とマチルダはしばし無言だったが、宰相が立ち去る前に口を開いた。

「賢明な判断をするのは侍女殿のほうではないかな？　大事にならないうちに帝国を去るのもひとつの選択であると思うが」

カドミーナとは違い冷静な態度の宰相を見送って、マチルダは激しい疲労感に見舞われた。

ふらふらとクリスティーヌの元へ戻ると大きくため息をつく。

「帝国にとって、わたしは招かれざる者であると、痛感致しました」

「マチルダ、弱気になっては駄目よ。陛下があのような事を仰ったのは、マチルダを、と、きっとお考えだからよ」

周りを考慮して小声で囁いたクリスティーヌは、皇妃という言葉こそ口に出さなかったが思わせぶりな口調でマチルダの手を取って強く握る。

「先日陛下とお茶をご一緒したとき、ほら、マチルダが駆けていってしまった時よ。陛下はなんでもいいからマチルダの事を教えてくれ、と仰って……」

「クリスティーヌ様、それは秘密です。陛下から口止めされております」

背後からファースが口を挟む。

「あら、そうだったかしら？　うっかりしていたわ。聞かなかった事にしてくれる？」

唇に人差し指を当てて片目を瞑《つぶ》るクリスティーヌは悪戯がバレた子供のように笑う。その仕草が天使のように見えて、マチルダの心は幸せに満たされた。

「クリスティーヌ様、ありがとうございます……」

激しく嫉妬したあの完璧な場面の話題が自分のことだった事を知り、マチルダは心が温かくなるのを感じた。気力までも回復したような気持ちになった。


茶会は中途半端な状態になってしまった。集まった各国の王女もそれぞれの侍女や護衛たちと今後の身の振り方を相談するのか、ほとんどが与えられた部屋へと帰っていた。

本来ならばこの茶会で最終候補をひとりに絞り、舞踏会で皇妃を指名する段取りだったはずである。

しかしケルネールスが全てを反故《ほご》にするような発言をし、更にカドミーナが『寵妃』に名乗りを上げた。

しかも帝国側は乗り気な様子である。

王女たちは選択をせねばならない。皇妃を選ぶ気がない皇帝の元を早々に去るのか、それとも婚姻関係を結ばない『寵妃』として名乗りを上げるのか……。国としての立場もあるだろうその問題は頭が痛いに違いない。

「……私たちも戻りましょうか」

クリスティーヌに促されてマチルダは立ち上がった。

西棟に戻り楽なドレスに着替えたあと、落ち着かないマチルダはシューリーの部屋を訪れて考えていた。

シューリーの鋭い爪が人を傷付けないよう、ヤスリで平らに整えながら思考に沈んでいると、扉がノックされた。

ヴィルマかと思って確認もせずに返事をしたマチルダの耳に、思いもよらない声が飛び込んできた。

「シューリーはもう私よりもマチルダに慣れているのではないか？」

「え、……陛下？」

そこに居たのは疲れた顔をしたケルネールスだった。

マチルダは慌てて立ち上がろうとしたが、膝で気持ちよさそうに寝ていたシューリーが整えたばかりの爪を軽く立ててそれを阻止した。

「あぁ、そのままで。本当は私もマチルダに癒やされに来たのだが……先を越されてしまったな」

まるでマチルダに膝枕された経験でもあるような口ぶりだが、そんな事実はない。

ケルネールスはマチルダの隣に無造作に座るとシューリーの艶やかな毛皮を撫で始めた。

シューリーは膝枕を譲る気はないようだが、撫でられるのはやぶさかではないらしく、小さく喉を鳴らし始めた。

「陛下……大丈夫ですか？」

疲れた様子を心配して声を掛けると、ケルネールスは深いため息をついた。

「寵妃の件は宰相にきつく禁じた。まったく面倒な……頭が痛い」

マチルダは静かに頷き、口元を覆った。申し訳ないと思いながらも、ケルネールスが弱音を吐いてくれる事がどうしようもなく嬉しかった。

いくら有能なケルネールスとはいえ、皇帝という重責は想像もできないほど重いのだろう。加えてこの騒動である。弱音のひとつも吐きたくなるだろう。

「こんなことならばもっと早くマチルダに逢《あ》いたかった。そうしたらこのような舞踏会など不要だったし、もっと早くに皇妃にするよう動けたものを……」

宝玉のような碧の瞳を煌《きら》めかせて、ケルネールスがマチルダを見つめた。涼やかな目元に熱情を感じて、マチルダの視界が潤んだ。

愛し愛され、求められるということは、これほどまでに心を満たすのか。クリスティーヌを思う気持ちとは明らかに違う、熱いものがこみ上げてくるのをマチルダは必死に押さえた。

「……マチルダ、未来の我が妃」

ケルネールスの長い指がマチルダの顎を捉えた。シューリーが膝に頭を乗せているため首だけをそちらに向けると瞼を閉じた。

しとり、と唇が重なり抱き寄せられると涙が零れた。

あぁ、隙間なく抱き合いたいと思ったとき、ふいに膝が軽くなった。二人が身動きしたせいで居心地が悪くなったシューリーが移動したのだ。

「シューリーは主の気持ちがわかる奴《やつ》だ」

「まあ……！」

顔を見合わせて笑いあい、再び唇を重ねた二人の様子を、人知れず物陰から窺う人影があった。それはぶるぶると怒りに肩を震わせていたが、やがてその場をそっと離れた。

「マチルダ、マチルダ！」

ケルネールスと愛を確かめ合った翌日、だるい体をソファに横たえていると扉が乱暴にノックされ、マチルダは思考の海から引き上げられた。その声は聞き慣れた主のものだったが、初めて聞くほど乱れていたのだ。

「姫様……？」

マチルダがソファから上体を起こすと、ヴィルマが小走りで扉を開けた。扉の前ではクリスティーヌが見知らぬ侍女を伴って焦れたようにその場で足踏みをしていた。クリスティーヌはマチルダを見ると安心したように眉を下げたが、すぐに駆け寄ってくる。

「マチルダ、大変なのよ……陛下が、皇帝陛下が危ないわ！」


その話がクリスティーヌにもたらされたのはつい先ほどだということだ。

カドミーナ王女が宰相からの呼び出しを受けてケルネールスの元へ向かったという。

「お茶会の後、王女は宰相様のご協力を得て、寵妃として皇帝陛下の寝所に侍るのだと意気込んでいたのです。でも、夜になってどこかへ行ったかと思うとただならぬ形相でお戻りになり……」

恐ろしい、と震えるのはスライリ国のカドミーナ王女の侍女である。マチルダは見覚えがあった。歓迎の宴の時やお茶会の時に何度となくカドミーナを諫めようとしていた姿を思い出す。

「嫌な予感がして、気をつけて見ていたのです。王女は、箍《たが》が外れると何をされるかわからないところがあり……」

侍女は項垂れた。よく見ると手や首筋に打たれた痛々しい痕があった。

（まさか、カドミーナ王女が……？）

マチルダの視線に気付かず、侍女は続ける。

「王女がなにか隠しているというのは察したのですが、それが何かわからず……。でもカドミーナ様が出て行ったあとを片づけていると、毒薬の入った箱が空の状態で見つかったのです」

「毒薬……⁉」

「はい。皇妃選定のために国を出立する際、国王様から持たされたものです……道中に万が一の時があれば使うように、と。カドミーナ様は恐らくそれを……。自分が皇妃となれないならばいっそ、と思い余ったことを考えているのではと恐ろしくて私……！」

侍女の悲壮な表情はそれを懸念が考えすぎではないことを物語っていた。それに毒薬ならばマチルダにも心当たりがある。クリスティーヌも、国を出立するときに守り刀と自決用として毒薬を持たされたのを知っているからだ。

ラムニル国王はクリスティーヌの尊厳が穢《けが》されるようなことがあれば使うようにと言い含めていたのだ。

国外に王女を出すということはそういった類いの危険を孕んでいるのだと、気が引き締まったことを思い出した。カドミーナはそれをケルネールスに使おうとしているというのか。

ぞっとしない考えだが、それよりも気になる事があった。

「なぜ、それをわたしに……？」

才色兼備で愛らしさ大爆発のクリスティーヌは小国出身ながらカドミーナが皇妃になるならば最も大きな障害である。そしてその侍女であるマチルダは『皇妃』候補が『寵妃』候補にいわばランクダウンすることになった憎き元凶。

自国の王女を大帝国に輿入れしたい侍女にとってマチルダは忌むべき存在であるはずなのに、なぜ。マチルダは息を呑むが、しかし侍女の答えは単純明快だった。

「皇帝の閨に入ることが許される唯一の人間だからです。どうか、どうか愚かなカドミーナ王女を逆賊にしないためにご助力を……！」

侍女は祈るように手を胸の前で組むとマチルダに懇願した。

侍女とはいうものの、国に帰れば名のある貴族子女であろう彼女が、小国の侍女であるマチルダに頭を下げるのは簡単なことではないだろう。

その気持ちを、マチルダはひしひしと感じた。

顔を上げてクリスティーヌを見ると、主は力強く頷いた。

「マチルダ、これはカドミーナ王女だけの話ではないわ……陛下の一大事よ！」

クリスティーヌの言葉はまるで免罪符のように気持ちを高揚させた。

マチルダは力強く頷き返すとドレスの裾をたくし上げて走り出した。それはおよそ淑女らしからぬ行動だったが、マチルダは気にならなかった。

（早く、早く陛下の元へ……！）

マチルダは今までで一番速く走った。

すぐに皇帝の寝室へ向かったがそこには誰もいなかった。マチルダはてっきりここだと思っていただけに拍子抜けしてしまった。もしかして特別な部屋をあつらえたのかもしれない、と乱れた息を整えながら考えていたところに、リネンが詰まれたカートを押しているメイドを発見し走り寄った。

「すみません、陛下と寵妃候補はどちらに？」

「は？」

「陛下の一大事なのです！　陛下はどちらに！」

マチルダの剣幕に押されたのか、メイドは迎賓館《げいひんかん》の一角だと教えてくれた。

そこは国賓をもてなすための棟であったが、ムイール帝国が大陸随一の大国になったことからあまり使われなくなったという。深く考えている暇はない、とマチルダは迎賓館に向かって走った。

途中奇跡的に誰からも咎められなかったマチルダだったが、さすがに迎賓館の前には警備兵がいた。ものの凄い勢いで走ってくるマチルダはよほど不審人物だったに違いない。

遠目からでも警備兵が手にしていた槍《やり》を構えたのがわかった。

（どうしよう……カドミーナ王女のことを言ってもいいのかしら……でももし、間違いだったら大変なことになってしまう……っ）

迎賓館の手前で失速したマチルダだったが、警備兵の悲鳴で我に返った。

「ぎゃあああ！」

「うわ、うわああ！」

「え？　……シューリー！」

なんと、シューリーが黒い弾丸のように疾走してきてマチルダを追い越し、警備兵を鋭い爪と牙で蹴散らしたではないか。

呆気にとられたマチルダだったが、渡りに船、とばかりに一気に走り過ぎる。

「あっ！　なりません、宰相が中には誰も入れてはならぬと……」

「陛下と寵妃候補様がいらっしゃるのです……！」

職務に忠実な警備兵がシューリーの威嚇に逃げ惑いながらも必死にマチルダを止める。しかしマチルダとて止まれない理由があるのだ……詳しくは言えないが！

「陛下がお好きな三人での房中術《ぼうちゅうじゅつ》を試すために呼ばれたのです！　ごめんあそばせ！」

口からでまかせの捨て台詞を吐き、マチルダは風のように駆け抜けた。

シューリーがここは任せろ、とばかりにあげたうなり声に背中を押された気がした。警備兵が呆気にとられてマチルダの背中を見送ったのはいうまでもない。


「陛下！」

一等豪華な扉を思い切り開け放ったマチルダは目を疑った。

室内は争ったような痕跡があり、豪奢な寝台の上から垂れ下がっている薄布が無残に引きちぎられている。

そして寝台の上ではガウンを乱したケルネールスが荒い息をしていた。

「陛下！」

今一度声を張り上げたマチルダに、ケルネールスがピクリと反応した。

意識があることに安堵したがすぐにギクリと身を強ばらせる。ケルネールスと距離をとったカドミーナが刃物を手にしゃくり上げていたのだ。

「な、……なによ、あんた……わたくしの邪魔ばかり、して……！」

美しく着飾ったはずのカドミーナの夜着が乱れ、顔が涙に濡れて化粧がはげている。息が荒く混乱しているようだった。

「王女様、その刃物で陛下を切りつけたのですか？　まさか毒などは……」

毒、と言う言葉を聞いてカドミーナがわかりやすく震えだしたので、マチルダは毒が使われたのだと確信した。そうでなければケルネールスほどの戦いに慣れたものが、不意を突かれたとはいえ、非力な王女に後れを取るとは考えにくい。

どんな毒かは恐らくカドミーナの侍女に確認すればある程度わかるだろう。

まずは毒を可能な限り除いて応急処置をしなければならない。そのためには、危険なカドミーナと刃物を排除しなければ。

マチルダはケルネールスを避けて寝台を大きく回り込んだ。

「カドミーナ様、危ないので刃物をこちらへ」

「いやよ！　わたくしに触らないで！」

カドミーナはやみくもに刃物を振りまわして抵抗する。

状況がわからないが、このままではカドミーナも怪我をしてしまいそうだし、ケルネールスを助ける事などできない。マチルダは細く息を吐くとカドミーナめがけて駆け出す。

虚を突かれたのか、カドミーナが身体を強ばらせたのを好機とみて、マチルダは腰のベルトを素早く引き抜くと鞭《むち》のように使ってカドミーナ王女の手を打った。

「きゃあ！」

うまく手の甲に当たったようで、カドミーナは持っていた刃物を取り落として手を押さえた。痛みに下がったカドミーナの頸部《けいぶ》にすかさず手刀を打ち込んで昏倒させる。

恐らくすぐは目を覚まさないだろうが、念のために刃物を寝台の下に蹴り入れ、手にしたベルトでカドミーナの両手を拘束して転がしておく。

「陛下！」

寝台に上がり、足下のほうに頭を向けてぐったりしているケルネールスの様子を見る。

顔色が悪い。毒が体内に入ってどれくらい経《た》ったのかわからないが、すぐに処置が必要だろう。マチルダは患部を確認するために注意深くケルネールスを観察した。目に見えるところに傷がない事を確認したマチルダは、ガウンの帯に手を掛けた。一瞬逡巡したが唇を引き結んで一気にガウンをはだける。

「……あ！」

マチルダは思わず声を上げた。鍛え抜かれたケルネールスの裸体を見たのは初めてではなかったが、こうして意識のない状態のケルネールスを一方的に眺めるのは初めてだったからだ。そんな場合ではないとわ

かっていたが、うっかり見蕩れそうになる。マチルダは、できるだけある箇所を見ないように視線を逸らしながら、ケルネールスの身体を検分し、腿に小さな切り傷を発見した。

どんな状況でついたのか、なぜそんなところに、とマチルダが悶絶《もんぜつ》したその傷は、右太腿の内側よりについていた。

わずかに血が滲んだだけの、普通の切り傷ならば放置していればすぐ治るような傷である。しかし、見たところそこ以外に傷が見当たらないならば、毒はそこから入ったに違いない。そのすぐ近くにあるものにはなるべく触れないようにしながら、マチルダは身を屈《かが》めて傷口に唇を寄せた。

発熱しているのか、触れた肌が熱い。

急がねば、と気が逸った。

「陛下、少し失礼致します」

短く断ってから、そこに口を付けて思い切り吸い上げる。ケルネールスの口からうめき声が漏れたが、構わず吸い付き、口に溜まった血を吐き出す。それを何度か繰り返していると、音もなくシューリーがやってきた。そしてそれから遅れること数瞬、警備兵がバタバタとやってきた。

「陛下、ご無事で……あっ⁉」

「毒です！　すぐにお医者様を！　そしてスライリ国の侍女殿に毒の成分を確認して、解毒剤を……」

「え？　は……っ？　毒⁉」

マチルダを侵入者として捕らえに来た警備兵は予想外の状況に目を白黒させたが、さすがに緊迫した状況を察したのか、ひとりがすぐさま踵を返した。もう一人はマチルダの傍らにくると寝室を見回して困惑の表情を浮かべる。

「これは……寵妃候補様が……？」

「詳細はわかりません。もしかしたら毒が使用されたかもしれないので応急処置として吸い出しをしたところです。あの、なにか縛るものを持っていませんか？」

警備兵が差し出したロープでケルネールスの傷口の上を縛ると、マチルダはなるべく自然な動きでガウンの前を合わせた。そして記憶を手繰り毒への対応を考える。

「水、水を飲ませて毒を薄めなければ……」

呟きを的確に拾った警備兵が水差しとグラスを持ってくる。マチルダは礼を言ってそれを受け取り、ケルネールスに飲ませようとするが意識がないため水は唇から零れてしまう。口移しで飲ませようと水を煽ろうとしたマチルダを警備兵が止めた。

「あの、……あなたも口を漱《すす》がなければ」

そう言われたマチルダは自分が毒を吸い出す行為をしていた事を思い出した。そうだ、もし口の中に成分が残っていたら大変なことになる。

マチルダは礼を言うとまず口を漱いでから何度かケルネールスに口移しで水を飲ませた。そうしていると騒がしい足音がして宰相や典医《てんい》を連れて警備兵が戻ってきた。

「陛下……ケルネールス様！」

青い顔をした宰相が寝台の下で膝を突く。典医はすぐにケルネールスの脈を測った。

「毒と聞きましたが」

「脚に刃物でついた傷がありました。それほど時間は経っていないと思うのですが、吸い出して傷口の上を縛り、水を何度か飲ませました。なんの毒かはわかりませんがスライリ国の侍女ならば知っているかもしれません」

簡潔に説明するマチルダに頷くと承知したとばかりに医師は処置を始める。あとは専門家に任せようと寝台を降りたマチルダに宰相が声を掛ける。

「どういうことなのだ……」

まるで自分が毒を食らったように顔色が悪い宰相を、マチルダはキッと睨んだ。

「陛下をお守りして帝国を盛り立てる立場の宰相様が、陛下を危機に陥れてどうするのです！　カドミーナ様の異常に気付かれなかったのですか⁉」

「な……、異常？」

まさか格下のマチルダに怒鳴られるとは思ってもみなかった宰相は不意を突かれて顔色を失った。

「わたしが来た時には、陛下は既に正気を失った様子でした。刃物を隠し持ったままの女性を閨に案内するんて……っ」

半ば叱りつける調子になってしまったが自分に向けた猜疑心《さいぎしん》をどうしてカドミーナにも持ってくれなかったのかと歯嚙《はが》みする。侍女の証言からも態度がおかしかっただろうことは読み取れただけに悔やまれた。

「……陛下の閨に侍ることで緊張しているものとばかり……」

項垂れる宰相に、マチルダは危機を教えてくれた侍女には悪いと思ったが、自分が知り得る事情を包み隠さず告げた。

なるべく予断を挟まないように言葉を選んで説明したつもりだったが、もしかしたらカドミーナに悪い印象を与える雰囲気が隠しきれなかったのかもしれない。

気絶したまま運ばれていくカドミーナを見送りながら、マチルダはいつの間にか足下に座るシューリーを抱き締めた。

その後、寝台の下に蹴り入れた刃物を調べたところ、その刃から毒が検出され、それがスライリ国の王族秘伝のものと同じものだということがわかり、まずは侍女が詳しく取り調べられるということだった。

侍女に続いて目を覚ましたカドミーナも取り調べられた。錯乱している中でも、容疑を大筋で認めたことにより、マチルダの証言が裏付けられた。

カドミーナはこれから帝国とスライリ国との協議の上、厳しい沙汰が待っている。

他国の王、しかも大帝国の皇帝に対して刃を向けたどころか毒薬を使用し命を脅かした行為は到底擁護できるものではない。しかし未だマチルダの陰謀だ、正当な皇妃は自分なのだと騒いでいるらしい。

スライリ国からの一行は離れに隔離され審判を待っている。自国の王女を止めることができなかった事もまた罪なのだ。

マチルダは酷く憔悴《しょうすい》した宰相と対峙していた。

「大変申し訳なかった……私の目が曇っていたのだ。しかしこのような……誓って、陛下に害をなすつもりはなかった……、全ては帝国の繁栄のため、陛下の治世のために、と……」

宰相は今やげっそりと頬がこけて今にも倒れそうである。確かにカドミーナ王女の暴走は予想外だったのだろう。マチルダを敵視するほどケルネールスに心酔し、帝国の行く末を案じる気持ち嘘はないと感じた。それに深く思うあまり周りが見えないことは、誰しも一度は身に覚えがあるものだろう。死ねばいいのにと言われたことは水に流してマチルダは口を開く。

「宰相閣下ほど陛下をお近くで支えてきた方はいらっしゃらないでしょう。陛下もきっとおわかりになると思います」

生意気な言葉だったかも知れないとマチルダはヒヤヒヤしたが、宰相は肩を落としてため息をついた。

「ラムニルの侍女に慰められるとは……私も堕《お》ちたものだ」

憎まれ口を叩くと、マチルダの隣に大人しく座っていたシューリーが鋭い牙を剥いて威嚇を始める。マチルダが侮《あなど》られたとわかったようだ。

「こら、シューリー」

「……は、はやくそれを檻に入れないか！」

シューリーに慣れていない宰相を横目に見ると、マチルダはわざとらしく咳払いをし、居住まいを正す。

「ところで、皇帝陛下のお加減はいかがですか？」

典医の腕がいいのか、解毒剤の効果か、ケルネールスの命に別状はないと聞いてはいたが、それでも聞かずにいられなくてマチルダは宰相に尋ねた。

「……陛下の容体は安定している。午後からは面会もできるのではないでしょうか」

ごほん、と意味ありげな咳払いをした宰相に心が浮き立ちそうになったが、マチルダはそれを押し殺した。

「左様ですか……よかった。では、わたしはこれで」

マチルダは喜びに口角が上がるのを隠し切れず立ち上がる。

「面会を希望されないので？」

意外そうな声を上げる宰相に、マチルダはきょとんとする。まるでマチルダがケルネールスに面会するのが当たり前のような口ぶりに驚く。しかしそこで『では、お言葉に甘えて……』などと面会を申し出るほどマチルダも厚顔ではない。

部屋を辞する礼をとり、侍女然とした声を上げる。

「陛下の快癒をお祈り申し上げます」

部屋を出るマチルダに、宰相はそれ以上引き留めることはなかった。


未遂とはいえ皇帝暗殺という重大事件が起きたのならば、皇妃選定が延期だ。そうなれば集められた各国の王女はそれぞれ国へ帰ることになるだろう。

マチルダはこれからのことをそう考えていた。他の候補陣もそういう考えが圧倒的に多いらしく、いつでも帰還できるように準備を進めているようだ。マチルダも西棟からクリスティーヌに割り当てられた一角に帰ることを許されている。

「あ、そうだった」

足がつい西棟へ向いていることに気付いたマチルダは方向転換しようとしたが、ついでにシューリーの様子を見に行こうと思い直す。あのときシューリーがきてくれなければ間に合っていなかったかもしれない。

その礼を述べねば。お気に入りのおやつを持ってシューリーに食べさせていると、騎士達がやってきた。

何事かと眉を顰めると騎士はマチルダに恭しく頭を垂れた。

「マチルダ・フェロー様、皇帝陛下がお待ちです。ご同道願います」

「えっ、陛下の容態が悪いのですか?」

宰相が順調だと言っていたがなにかあったのだろうか。マチルダが青ざめると騎士の一人がいいえ、とかぶりを振る。

「陛下はお元気でいらっしゃいます。ですが、機嫌が最悪でして」

「機嫌?」

毒の副作用で気分が優れないことは良くあると聞く。マチルダは急に心配になり騎士達に連れられてケルネールスの寝室へと向かった。その後をヒタヒタとシューリーがついてくる。どうやら一連の騒動の中で、シューリーは檻の外へ出る楽しみを覚えてしまったようだ。

しかしマチルダには主人恋しさに会いに行く健気な姿にしか見えず、その行動に感動を覚えていた。

「マチルダ様、どうか、その獣は置いて……」

騎士がシューリーを見て怖々発言するが、マチルダはキッパリと言い放つ。

「なにを仰います、シューリーは陛下の愛獣ですよ? 陛下だってシューリーを見れば回復も早いはずです! さ、行きましょう、シューリー」

まだなにか言い募ろうとする騎士達を置いて、マチルダは勝手知ったるケルネールスの寝室に急いだ。

「陛下！」

「遅い！」

挨拶もそこそこに駆け込むと、頭ごなしに叱られて目が点になる。見慣れた大きな寝台には身体を起こしたケルネールスが尊大にふんぞり返っていた。

「あれ、陛下……お元気そうです、ね？」

思いのほか元気な様子にマチルダは拍子抜けして肩の力が抜けた。騎士に促されて寝台に近付くと周りにいた典医や助手、護衛騎士達が入れ替わりで出て行く。

「なんだ、まるで私が元気だと残念そうな物言いだな」

気分を害したようにケルネールスが眉間にしわを寄せる。確かに機嫌は最悪らしい。マチルダはそうではない、と顔の前で手を振るが、その手を取られてしまう。

「きゃ！」

「なぜすぐに来なかった？　宰相から面会できることは聞いただろう？」

腕の力だけで寝台に引きずり込まれたマチルダは戸惑う。通常皇帝が襲われたとなれば典医や護衛騎士を始め、信用できるものしか寝所に侍ることができないのは容易に想像がつく。ましてやケルネールスがいない間に全てを取り仕切るのは宰相である。マチルダは宰相に遠慮した形だ。

しかしそれをそのままケルネールスに告げるとまた機嫌が悪くなりそうである。はて、どう言うのが正解かと数瞬考えたマチルダは、思いつき、にこりと笑う。

「?」

「陛下から傍に来いと呼ばれたかったのです」

言ってから照れくさくなり頬を赤らめたマチルダは顔を伏せた。ケルネールスはマチルダを抱え直すと膝の上にのせ額に口付けた。

「……いつの間にそうのような手管を……いったい私をどうしたいのだ」

ケルネールスは低く唸ると素早くマチルダの唇を奪った。

「毒で朦朧《もうろう》としていたがマチルダが私を助けてくれたのは知っている……礼を言う」

「陛下……」

あのときは必死だったが、よく考えたら恐ろしいことだ。どんな毒かも確かめもせず単身解毒を試みた。もしもマチルダの口腔に傷でもあればその場で一緒に昏倒してしまっただろう。今更ながら自分の無鉄砲さに寒気がする。

結果的に助かったものの、これからはより慎重に行動せねば、と考えてマチルダは赤面した。

(これからって……私、当たり前のように陛下のお傍にいる前提で……!)

マチルダは自分の心の中心にいるのが、とうにクリスティーヌではなくなっていた事に気付いた。クリスティーヌと離れるのがつらいのは変わらない。しかし一緒にこれからを歩いて行くのはケルネールスであると心が言っている。

急に恥ずかしくなり両手で顔を覆ったマチルダの変化にケルネールスが眉を顰める。

「どうした、熱でもあるのか」

「いいえ、大丈夫です！」

しかしなかなか顔の火照りが戻らないマチルダを心配して額に手を当てたりしている。いくら大丈夫だと言ってもケルネールスは耳を貸さず、結局マチルダは抱きかかえられたままケルネールスに凭れることになってしまった。

「あの、陛下……っ」

「ここまでだ、シューリー。表で待っていろ」

当然のように自分も寝台に上がろうとしたシューリーにケルネールスが待ったをかける。言葉を正確に理解しているようにシューリーはピタリと止まりケルネールスと視線を合わせる。

なぜ自分が追い出されるのか？　と問う眼差しを真正面から受け止めたケルネールスは再び強い語調でシューリーに出て行くように命令する。

「シューリー！」

「陛下、シューリーは陛下を心配してここに来たんですよ？　そんな叱るような口調で言っては可哀想《かわいそう》です。シューリー、今日はありがとう！　後でたくさん遊びましょうね！」

これ以上いがみ合わないようにと配慮したつもりだったが、ご機嫌を取るような言い方になってしまった。

頭に向かって手を伸ばされたシューリーはマチルダの手をじっと見つめてから自分の頭を擦りつけるとケルネールスに向かって『ふん！』と鼻息を荒く威嚇する。

そして長い尾を左右に揺らしながら扉に向かうと鼻先を使って器用に扉を開けて出て行った。ご丁寧に尻尾で扉を閉める仕草に、マチルダはぽかんと口を開けてしまう。

「まあ……、なんて賢い子なのかしら」

「シューリーのことより今は自分のことを考えてくれ……本当になんともないのか」

ケルネールスは焦れたようにマチルダの首や頬の辺りに触れる。過保護かと思うほど念入りに確認して熱がないとようやく納得したのか、ケルネールスはひとつ息をついた。

「まったく、無茶をしないでくれ」

問題児に頭を悩ます親のような言い草にマチルダはほんの少しむっとした。

「わたしが好んで首を突っ込んでいるのではありません。ラムニルではこんな危ないことは一度もありませんでした。危険なのは陛下の周りです」

本当のことを言ったが、包み隠さなすぎた。ケルネールスが、なにも言えず黙ったのを見て、マチルダは慌ててフォローを口にする。

「あっ、でも護身術はちゃんと修めていましたし、カドミーナ様は素人ですし……毒のことは浅慮だったかもしれませんが、わたしだって命は惜しいので無理はしていません……」

ご安心を！　と胸を張るつもりだったマチルダは、言葉をなくした。

目の前のケルネールスが今までになく険しい顔をしたのだ。しかし恐ろしくは感じなかった。逆に、痛ましいような気持ちになってマチルダは胸が苦しくなった。

「マチルダ、お前がわたしの命を救ってくれたと聞いたときは嬉しさよりも恐怖に押し潰されそうだった」

ケルネールスがマチルダの手を取って強く握った。その手は微かに震えていた。大帝国の皇帝が、たかが小国の侍女の命をまさか惜しんでいるのですか、と笑い飛ばそうとしたが、うまくできなかった。整ったケルネールスの美貌が泣き出す手前のように歪んでいたのだ。

「え……」

「無事だったからよかったようなものの……なにかあったら、と……気が気ではなかった……っ」

マチルダはなんと言っていいかわからずに呆然《ぼうぜん》としていると、ぐ、と言葉に詰まったケルネールスに抱き締められた。抱擁というような生やさしいものではない。まるで溺れるものが必死に縋るような強さで、マチルダは面食らった。

「あの、……陛下……え？」

「もう二度とあのような無理はするな、いや、禁止する！」

ぎゅう、と首元に押し付けられたケルネールスの髪がくすぐったくて身を捩るが、ケルネールスは離してくれない。

「約束、いや、ここで宣誓しろ、危ない真似は今後一切しないと！」

「うわ……ちょ、」

あまりの激しさにマチルダはがたじろぐ。こんな激しさで、ケルネールスは自分を案じてくれていたのか、と思うと胸が苦しくなる。

「誓え！」

「うーん、でも陛下に危険があって、それをわたしが止められるならば、きっとまたしてしまいますね」

「なっ！」

「だって、愛しているから」

考えて出た言葉ではない、自然に愛していると口から滑り出た。そのことにマチルダ本人が一番驚いたが、それでもストンと心に収まったその言葉は『ああ、やっぱり』と思わずにはいられなかった。

クリスティーヌに対するような尊敬の気持ちとも違う、親兄弟に感じるような穏やかなものでもない。決していい感情ばかりではないケルネールスへの気持ちは、それでもきっと愛だと思うのだ。

怒りの形相で顔を上げたケルネールスが、マチルダの一言で固まった。意表を突かれすぎたのか少し幼い顔になっているのを見て、マチルダは噴き出した。

「ぶふっ、ふ、あははははっ！」

「揶揄《からか》っているのか！」

恥ずかしさからなのか怒りからなのか、赤面するケルネールスがマチルダを揺さぶるがマチルダの笑いは止まらない。呼吸もままならないほど笑うマチルダに、ケルネールスは本当に呆れたのか身体ごと背を向けてしまう。

マチルダはまだ収まらぬ笑い顔のまま涙を拭き、その広い背中に抱きついた。

「揶揄っていません。本当に愛していますよ？」

「……信じられん」

すっかり拗ねてしまったケルネールスは意地でも顔を見るか！　とそっぽを向くがマチルダはそれすら愛おしくてそのうなじに口付けた。

「な、なにをする！」

「あ、ようやくこっちを見た」

しまった、と顔を顰めるケルネールスの鼻先に口付けするとマチルダはその逞しい首に腕を回した。

「いいんです、わたしが陛下を愛しているってだけなんです。気持ちを押し付ける気はないし、同じだけ気持ちを返してほしいなんて言いませんから」

いろんな事が立て続けに起きたが、これからきっと大丈夫。そんな気がしていた。

しかしケルネールスはそんなマチルダを強引に抱き寄せると、口付けをした。すぐに離れたのでなにをされたのかよくわからず目をぱちくりさせたマチルダは、目の前のケルネールスが再び自信満々な顔をしているのに気がついた。

「当然だ、同じ気持ちを返す気はない……もっと何倍にもしてお前が受け止められないだけのものをやろう……覚悟しておけ」

驚くマチルダに、今度は息を奪うほどの口付けが贈られた。

第六章　どうかしてる

カドミーナ王女による皇帝暗殺未遂……ゴタゴタどころではなかったが、帝国は日程が狂うのを謝罪してまで舞踏会を行うと発表した。元々予定されていたことなので否やはないが、それでもマチルダの気は重い。

「マチルダ、どうかしら」

「……っ、お美しい！　クリスティーヌ様なら三国をいっぺんに傾けられますわ！」

ふんわりとした紗を重ねた金糸のドレスはクリスティーヌの美しさを最大限に引き出していた。緩く巻かれた金の髪はこれ以上ないくらい光り輝いていて、マチルダは眩しくて手を翳《かざ》した。

「眩しくてお顔が見えません！」

クリスティーヌはあらあら、と笑うと手を叩いて侍女を呼んだ。もう準備はできているのにどうしたのか、とマチルダが首を傾げると両脇から腕を掴まれた。何事かと見ると、同僚たちがニヤリといやな笑いを浮かべていた。

「え？　なに？」

「マチルダ、そんな地味なドレスで舞踏会に出るつもり？」

「クリスティーヌ様に恥をかかせるものではなくってよ！」

「ちょ、これは由緒正しい壁紙の装い……クリスティーヌ様笑っていないでたすけ、……っあ――――！」

助けを求めるように伸ばされた手が、宙をかいたがクリスティーヌはころころと笑ったままだった。

そして数分後、腕利きの同僚たちによって着飾られたマチルダは肩で息をしていた。

「みんな……仲間だと思っていたのに……ううっ」

肩が開いた薄鋼色のドレスを纏い、泣き真似をするマチルダにクリスティーヌが寄り添う。それだけでマチルダはしゃんと背筋を伸ばした。

「ふふふ、私とお揃《そろ》いよ。ねえマチルダ、……わたくし、今までマチルダに甘えすぎていたわね。反省しているの」

唐突な告白にマチルダはびくりと肩を揺らす。

今までそんなことを言われたことなどなかったのだ。それに、クリスティーヌの声のトーンがいつになく沈んでいるのも気になる。

「なにを仰るのですか、わたしはクリスティーヌ様のために存在しているのです……幼い頃にクリスティーヌ様が唯一の主だと骨に刻んでおりますのに！」

「いいえ、きっとあなたと人生を共にするのは私じゃないんだわ」

「そんな……！」

マチルダは泣きたくなった。まるで捨てられたような気持ちになったのだ。

「いいえ、賢明なマチルダ、もうわかっているでしょう？」

クリスティーヌは意味深に微笑むとくるりと踵を返す。これ以上話す気はないと言うことだ。

マチルダはまるで迷子になった子供のように頼りない気持ちになって、ドレスを握り締めた。

しかしクリスティーヌの傍に侍るのはマチルダの矜持。たとえ筆頭侍女として最後の仕事だとしても腐るわけにはいかないのだ。マチルダは背筋を伸ばし、クリスティーヌの後を追った。

各国の参加者もこれで最後と知ってか、舞踏会はとても華やかだった。参加者の中には盛装の帝国騎士や、帝国の貴族たちも多数参加しているようだった。みな、楽しそうに歓談している。クリスティーヌもその輪に入り楽しそうにしている。少し離れたところでその様子を見守り、マチルダはため息をついた。

（クリスティーヌ様とこのような席に参加するのは、今日が最後かもしれないわね）

がっくりと落としたマチルダの肩を叩く者がいた。顔を上げるとケルネールスの護衛騎士ライオスだった。

「あぁ、騎士様」

「なんだ、綺麗な格好をしているのに、辛気くさい顔をして」

ライオスはじろじろとマチルダの上から下まで見てピュウ、と行儀悪く口笛を吹いた。その軽薄な仕草にマチルダは顔を顰めた。

「なんですか、口笛吹いたって馬じゃあるまいしヒヒーンなんて言いませんよ」

ライオスは眉間にしわを寄せたマチルダを残念なものを見るような目で見たが、へら、と笑った。

「いろいろあったけどアンタのおかげで陛下も無事だった。ありがとうな」

ライオスの意外に素直な謝辞にマチルダは目を瞠る。ライオスとは気を許して話した記憶がなかったからだ。いつもクリスティーヌに会えない不満をぶつけていたような気がした。マチルダは素直に反省して頭を垂れた。

「いいえ、わたしの方こそいつも失礼な態度でした。謝罪致します」

ドレスの裾を持ち、心を込めて腰を折ると、ライオスが急に慌て始める。

「ま、待て！　顔を上げてくれ！　こんなところを見られては俺の首が飛ぶかもしれん！」

「は？　当然の謝罪にいったい誰がそのような……」

腰を折ったまま顔を上げ訝しげに眉を顰めるとライオスは顔を可能な限りマチルダから逸らして更に慌てた。

「その体勢はまずい、一番まずい！　いいから早く背筋を伸ばしてくれ！　後生だから！」

「おかしな騎士様ですねえ……まあ、いいですけど」

人がせっかく謝罪しているのに、とブツブツ言いながら背筋を伸ばすと、ようやくライオスは安堵したようだった。大袈裟《おおげさ》に胸に手を当てて額の汗を拭う。

「本当に勘弁してくれよ……もう」

「マチルダ、ここにいたのね」

鈴が転がるような声でマチルダを呼ぶのはクリスティーヌだ。ファースに腕を預けて優雅に近付いてくる。

ライオスがスッと騎士然とした澄まし顔で「では……」と遠ざかっていくのを見送ってから、マチルダは改めてクリスティーヌの美しさを目に焼き付けた。

「あああ、クリスティーヌ様、さきほどよりも輝きが増しているのでは！」

「あら、隣にファースが居てくれるからかしら」

ふふふ、と微笑むクリスティーヌは本当に幸せそうで、マチルダは誰が反対しても自分がクリスティーヌの幸せを守ろう……たとえその相手がファースでも……！と心に誓った。

　壁の花と化していたマチルダの手をとって、クリスティーヌは会場中央付近に陣取った。皇帝がお成りになる通路の真正面にあたるそこには、ケルネールスの色を模したグリーンやシルバーのドレスを身に纏った姫君が多数見受けられた。自分と違う華やかな装いに、マチルダはドレスに視線を落とした。

「あ！」

　そこでマチルダは初めて気がついた。自分が着ている薄鋼色のドレスは、まばゆい照明を受けてどの姫君より銀色に輝いているのだ。

　部屋で着替えたときには仕立ては美しいが地味な色で助かったと安堵していただけに、まさか照明でこんなにも印象が変わるとは思っていなかったのだ。これではまるで主人を差し置いて目立とうと目論《もくろ》む野心家の侍女ではないか！

　マチルダは顔を青くして壁際に下がろうとしたが、クリスティーヌが思いのほか強い力でマチルダの腕を組んで離さなかった。

「駄目よマチルダ、あなたはここにいるの」

　可憐に微笑んでいるクリスティーヌのかんばせがなぜかすごみを増している気がして、マチルダは主人の新しい魅力に見蕩れながらも背筋をしゃんと伸ばした。しかしそれも長くは持たず、マチルダはすぐに眉を下げた。

　クリスティーヌの腕を強引に振りほどくわけにもいかず、騒ぎを起こすわけにもいかず、マチルダは半泣きになりながらもクリスティーヌに懇願する。

「お願いでございます、クリスティーヌ様。どうか下がらせてください！　わたしを、主を疎《おろ》かにする不埒者にしないでください……！」

「いやあね、そんなつもりはなくてよ？　だって今日の主役はあなたなのだから」

意味深な発言の後、クリスティーヌは笑みを深くした。その言葉の意味を考える間もなく、会場に高らかに喇叭《らっぱ》の音が響き、皇帝が来たことを告げる。背後から近付いてくるざわめきを、マチルダは恐れとときめきに胸が張り裂けそうになりながら聞いていた。

ざわめきと拍手に包まれた会場が一瞬無音になり、そして再び、わあっと歓声が上がった。

恐らくケルネールスが手を上げて皆の声に応えたのだろう。そして少しの間があり、ケルネールスの低い声が会場に満ちた。

「ようやくこの場を持てたことを嬉しく思う。せっかく遠方よりお越しくださった姫君たちには度重なる変更や不手際があって申し訳なく思っている」

挨拶が始まってしまっては今更会場を辞することができなくなり、マチルダはケルネールスに背を向けたまま固まっていた。

本来ならば皇帝に背を向けるなどあってはならないことだろう。しかし、マチルダはケルネールスと顔を合わせるのが恐ろしかった。今宵、この場でケルネールスは皇妃を選ぶのだ。

（ああ、いくらクリスティーヌ様の供といえ、ここに来たのは間違いだったわ）

いくらクリスティーヌの装いが天使のように美しいといっても、その姿を目に焼き付けたかったとしても、来るべきではなかった。

「会場には帝国が誇る勇猛な騎士団の面々や私の右腕となる有能な臣下も多数参加している。この機に各国との国交を深め、実りのあるものにしたいと思っている。皆も楽しんでいってくれ」

歓声と共に楽団が舞踏曲を演奏し始める。

長い前奏から始まるこの曲はファーストダンスの定番である。この前奏の間にダンスを申し込んで踊り出すのだ。まず地位が高いものから踊るのが慣《なら》わしのため、皇帝であるケルネールスが踊る事は確定だ。皇妃は、このファーストダンスの相手であると目されている。

「……私と踊っていただけますか、レディ？」

「！」

すぐ後ろから低い声が聞こえた。

聞き慣れた、悩ましくも愛おしい声だ。

「マチルダ……マチルダ！　早くお返事しなければ！」

「え？」

顔を上げると満面の笑みを浮かべたクリスティーヌが思いのほか強い力でマチルダの肩を押す。

体勢を崩したマチルダはがっしりと力強い腕に受け止められた。

「まったく、主人に促されないとこちらも向けないのか？」

呆れたようなケルネールスの声に、マチルダの思考は真っ白になった。

ケルネールスが見たこともないような優しい笑みを浮かべてマチルダを見ている。その瞳に深い慈愛のようなものを感じたマチルダは一瞬頬を熱くしたが、すぐに顔を青くした。

「……どうした？」

「マチルダ？」

ケルネールスとクリスティーヌがほぼ同時に声を掛けるが、マチルダはわなわなと肩を震わせている。具合でも悪いのかと誰もが思った矢先、マチルダが口を開いた。

「……うちの姫様を選ばないなんて、どうかしてる！」

辺りがしんと静まりかえり、心なしか楽団の演奏も小さくなったような気がした。

ハアハアと肩で息をするマチルダ以外誰も発言しないピリリと緊張感が増した会場内に、ケルネールスの笑い声が響いた。

「はっ、ははは！　そうだな、私はきっとどうかしているのだ……クリスティーヌ殿のような美しい姫君よりもお前のほうがいいだなんて」

ケルネールスは腕の中で顔を青くしたマチルダの手を取ると、その指先に口付けを落とした。

そして、射るような視線でマチルダを縛る。

「さあ、私と踊れ。……まさかラムニル国王女の筆頭侍女が踊れないとは言わせないぞ」

マチルダを挑発するように口角を上げると、ケルネールスは強引にマチルダの手を引いてホールの中央に進み出る。マチルダは転ばないようについていくのが精一杯だった。

辺りはまだざわざわしている。当然だろう、皇帝のファーストダンスを踊るのは皇妃なのだから。

楽団も不穏な空気を感じてか、なかなか前奏をやめない。会場の誰もが固唾《かたず》を呑んで事の行方を見守っていたが、そこに不自然な咳払いが聞こえた。

「ラムニル国の子爵令嬢マチルダ殿は、帝国の騎士にも勝るとも劣らない勇敢さと正義感を持っている。此度《こたび》の騒動では自らの危険を顧みず命を賭して陛下をお守りした……そのことに深い謝意を表明すると同時にファーストダンスを踊るに相応しい人物だと私は推薦したい」

「宰相様!?」

まさかの宰相の援護にマチルダは目を見開く。宰相は照れたようにごほごほと咳き込むふりをしている。

「ははっ！　ならば質問を変えよう。好きか愛している……どちらかを選べ」

「……！」

見ればケルネールスはいたずらっ子のような顔をしている。マチルダは思わず噴き出してしまった。

「……愛しています」

ついに零れた言葉にケルネールスが満足そうににんまりと笑った。

腰に腕が回り向かい合って手を組んだ。ようやく皇帝がダンスをする体勢になったことで楽団は慌てて長く続いた前奏をやめ、軽快な音を奏で始めた。

武に優れた皇帝だと聞いていたがどうしてなかなか、踊る姿も優雅でマチルダは素直に感嘆する。

「……ダンス、お上手なんですね」

「これでも皇帝だからな」

そうか、と納得した後にそうか？　と考え直したマチルダを見てケルネールスは笑った。

今日は表情がよく変わると思っているとそれがそのまま顔に出ていたらしい。

「お前の前では、素の自分が出せる……解放された気分だ」

ケルネールスが重い荷物をひとつ下ろしたようなすっきりした様子を見てマチルダは微笑む。

「それはようございました」

なんの衒いも無くそう思う。踊る前はいろんな事を考えてしまいケルネールスの手を取ることが怖かったが、いざ踊ってしまえば全てが些末事に思えてくる。この人と手を携えて歩めるならば、大丈夫だと思える一種の安心感すらあった。

なんと安直な、と自分でも呆れるが、胸の内にケルネールスへの愛情が溢れ出てくるのだ。


無事にファーストダンスが終わり、盛大な拍手が送られると二人は優雅にお辞儀をして中央から離脱した。ダンスホールには入れ替わりに各国の姫君がパートナーを伴って躍り出た。会場は一気に華やいだ空気に包まれた。

「ダンスでは足りない、……こっちだ」

疲労と緊張でぼうっとしたマチルダは、たいした抵抗もできないまま横抱きにされた。周囲からはわあ！と歓声が上がり、祝福ムードに戸惑っているうちにケルネールスによって皇帝専用の通路に引っ張り込まれてしまった。初めて通る秘密めいた通路を使うと、あっという間に皇帝の寝室へ出た。

（どういう構造なの？）

恐らくごく限られた人物しか知らないであろう秘密を垣間見て、マチルダは冷や汗をかいた。こんな重要な事を知ってしまったからには帝国を生きて出られないのでは。そんな考えが頭を掠める。しかしケルネールスは無言のまま私室の扉を閉じて背後からマチルダを抱き締めた。

「まったく……こんなに思い通りにならない女だとは思ってもみなかった」

耳元で囁かれる言葉が睦言《むつごと》ではなく恨み言とは、わたしたちらしい、とマチルダが笑うとケルネールスが頬を軽くつねった。

「わかっているのか、お前のことを言っているのだぞマチルダ」

「いたた……、存じております……っあ、」

つねられた頬を痛がっていると今度は上唇を甘噛みされる。まさかそんなところを噛まれるとは思っていなかったマチルダは固まってしまう。それを面白く思ったのか、ケルネールスは下唇も同じように食《は》み、無防備に開いた唇をこじ開けるようにして舌を差し入れる。

「は……っ、うん、……むっ！」

上顎や歯列を余すところなく舐られ、逃げ惑う舌を絡め取り擦り合わせられたマチルダは次々と襲いかかる快楽にその身を震わせた。

（く、口の中が大変なことに……！）

まさかしゃべったり食べたりする口の中が快感を拾いかがわしい器官だとは夢にも思わなかったマチルダは息を吸うのを忘れ、膝からくずおれる。

「……おっと、大丈夫か」

「ぷは！　は……、ハアハア……口が、変です……」

真っ赤になりながらも目を白黒させたマチルダを見て、ケルネールスはニヤリと唇を歪ませる。その表情になにやら薄ら寒いものを感じて、マチルダの皮膚が粟立った。

「粘膜で感じるのは初めてではないだろうに……ああ、上の口は初めてなのか」

「上の……っ！」

上の口……では、対になる下の口もあるのか？　と考えたマチルダは思い当たる箇所に考えついて目が眩むような羞恥を感じた。

「な……っ！　なにを……っ」

とんでもない事を言う人だ、とケルネールスを睨みつけるとその尖らせた唇に小鳥のような口付けが何度も落ちてくる。

「いちいち可愛い反応をするな……本当によく今まで無事でいられたものだ」

ケルネールスは軽々とマチルダを抱き上げると大股で進み、寝台にそっと横たえる。

自分を柔らかく受け止める寝具にこれからのことを想像してマチルダは胸が苦しくなった。今までも何度もケルネールスと肌を合わせたが、今日は特別だった。

自惚《うぬぼ》れが許されるならば、ケルネールスはマチルダの事を愛しいと思ってくれているようだ。

交わした言葉も口付けも、今までになく甘くマチルダを蕩かせる。それだけで十分幸せなのに、これ以上ケルネールスを間近に迎え入れると幸せのあまり死んでしまうのではないか？　そんな恐怖がマチルダの思考を支配する。

「……なんだ？」

「わたし、もう十分幸せなので……今宵はこれにてお暇《いとま》してもよろしいでしょうか？」

礼装を雑に脱ぎ捨てたケルネールスが、ふと真顔になったマチルダに気付いて問うが、それに対して返ってきた答えに思い切り顔を顰めた。

「……これからが本番だというのになにを言い出すのか……突拍子もない女だな」

知っていたが、と呟くとシャツのボタンを外しながらマチルダの上に跨《また》がる。しなやかな筋肉にマチルダが見蕩れていると、それに気付いて口角を上げる。

「お前も好きに触れるといい……この身体はお前のものだからな」

脱いだシャツを寝台の下に落としながら乱れた髪を後ろに撫でつけたケルネールスは、まるで獲物を前にした肉食獣のように目をぎらつかせた。

「ひっ！　そ、そんな、……触れるだなんて……っ」

視線に射貫かれ、心臓があり得ないくらいに跳ねているのをドレスの上から押さえて、マチルダは混乱していた。

(こ、これが陛下の本気……！　生きて帰れる気がしません、クリスティーヌ様！)

どうしていいのかわからず、マチルダが心の中で主に助けを求めるがそれはもちろんケルネールスには聞こえない。ケルネールスはマチルダの顔の横に両手をつき閉じ込めるようにして囁く。

「お前が触れなければ私はずっとこのままなのだが」

そう言うと体重を掛けないように跨がっていた腰を落とし揺らめかせ、マチルダの下腹部に自身のそれを擦りつける。ぐり、と固い感触がマチルダを更に動転させる。ケルネールスの熱い昂ぶりを感じてマチルダの身体の奥がじゅわりと潤んだ。

「あ、あぁっ！　そ、それは申し訳ございい……んんっ！」

謝罪の言葉を口付けで黙らせるとケルネールスはマチルダの耳元に唇を寄せて息ごと囁きを吹き込む。

「堅苦しい言葉は禁ずる……それとこれからは私のことはルネと呼べ」

「ひううう！　る、ルネ、……ですか？」

幼い頃の愛称だろうか、とても可愛らしい響きは口に乗せた瞬間、笑顔になってしまう気がした。

「そうだ……お前には特別にそう呼んでほしいのだ……マチルダ」

「ル、ルネ……っ」

再び重なった唇は情熱的にマチルダを求め、気がつけばマチルダも必死に舌を絡めていた。

抱き合うのに邪魔なドレスとコルセットを脱ぎ去り、互いの肌を触れあわせるとケルネールスを求める気持ちが膨れ上がっていくように感じた。

ケルネールスはまるで初めてのように優しくマチルダに触れた。全身をくまなく撫で口付けを落とされると、不思議な自信のようなものが身体の奥底から湧きだしてくるようで、マチルダはどんどん大胆になっていった。

「ん、あぁっ……ルネ……っ」

胸をケルネールスの逞しい胸板に擦りつけると先端が擦れて腰が揺れてしまう。冷静になると羞恥で顔が燃えそうだが、今はそれ以上にケルネールスに触れていたかった。胸に添えられた手が脇腹を撫で、流れるように臍を擽り、淡い茂みの奥にたどり着くとそこは既に蜜を溢れさせていた。

「待たせたか？　随分と潤っている……」

「あっ、だって……ルネ、気持ちいい……っ」

あわいを探る指がぬくり、と潜り込み抜き差しをしながらマチルダのいいところを擦り上げる。既に弱点を知り尽くされたマチルダが抵抗できるはずもなくただただ、快感に身体を震わせる。

「マチルダ……」

「ルネ……っ！あぁ……っ」

弱いところを的確に刺激され、マチルダは大きく背をしならせる。

極まるとケルネールスの指をキュウと締め付けてしまうが、こればかりは意識して操作できるものではない。身体中にしっとりと汗をかいたマチルダが大きく息をすると、ケルネールスが額に口付けを落とした。

「自分の名を呼びながら達するのを見るのは、とてもいいな」

「は？　なにを……ルネっ！　ンンっ！」

達したばかりで敏感な中を再び擦り上げられ、すぐに高みにのぼらされてしまう。そうして短時間に何度も極まったマチルダは、ぐったりと寝台に沈んだ。

「はあはあ……っルネ……もう……」

もう、体力の限界、とケルネールスを見上げたマチルダだったが、訴えは違う意味で受け取られてしまったらしい。未だ昂ぶったままのケルネールスの雄芯は、その中心からとろりと透明な液を垂らしてビクビクと震えていた。

「ああ、……私もそろそろ限界だ……」

ケルネールスはマチルダの膝を持って脚を大きく開かせると身体を滑り込ませる。

しとどに濡れたあわいに昂ぶりを擦りつけ、マチルダの蜜をまとうとその切っ先を柔らかくほぐれたあわいに押し当て隘路に分け入る。

押し戻すような動きに逆らってゆっくりと腰を押し進め、八割方納めると、感じ入ったように息を漏らした。

「ああ、やはりマチルダの中は熱くて狭くて……絡みつくようだ」

「あっ、ああ……っ！」

何度受け入れてもケルネールスの雄芯はマチルダの中をいっぱいに拡げて満たす。しかしまだ全部ではない。最後の一押しが残っている。

今でも十分奥を突いているように感じるが、マチルダは知っている。奥の奥にもっといいところがあることを。

「ルネ……っ、ルネぇ……っ！　奥まで、お願い……っ」

ケルネールスの首にしがみついて懇願するマチルダは、もはや羞恥を感じることもできず、ただ快楽を追う。

「ああ、愛しいマチルダ……っ」

ぐっ、と腰を進めたケルネールスの腰骨がマチルダの腹を抉るように打った。瞬間、最奥を突かれたマチルダが喉を反らして嬌声を上げた。

「あぁっ！　あ、ふ……ぁっ！」

隙間なく埋められてケルネールスとひとつになり、中が歓喜に震えているのがわかった。もう離すものかときゅうきゅうと締め付けるとケルネールスが、ふ、と笑った。

「マチルダは奥を捏ねられるのが好きだからな。たくさんしてやる」

ゆっくりと腰を引きまた突き入れるケルネールスは次第に動きを速め、マチルダは上下もわからないほどに翻弄され、ケルネールスに泣き言を漏らす。

「ルネ……っ、こわい、どうにかなってしまいそう……っ」

「しっかり掴まっていろ」

首に回した腕に力を入れたマチルダは、不安定な両足でケルネールスの腰を挟むと、まるで小さな子供が親から離れまいとするように全身でしがみついた。

「はいっ！」

「……っ、う……！」

一瞬ぴたりと動きを止めたケルネールスだったが、すぐにさきほどよりも激しく腰を打ち付け始める。マチルダの嬌声とケルネールスの息遣いが室内に満ち、マチルダが耐えきれず声を上げた。

「はっ、あぁ、……ルネ、ルネ……ぇっ！」

ビクビクと身体を震わせて達すると、程なくケルネールスも小さくうめき声を上げて身震いする。マチルダは霞《かすみ》がかった意識で中に注がれる熱い迸りを感じながらふにゃりと笑った。

「……ルネとのあかちゃん、……できたらいいな」

「……っ！」

抜かないうちに再び活力を取り戻したケルネールスの雄芯が休む間も与えずマチルダを穿とうとしたが、ケルネールスの首に回されていた腕がパタリと落ちた。

「マチルダ……？」

もしやと思ったケルネールスが顔を上げると、マチルダが、それはいい顔をして寝落ちていた。

「ふぁ……、ル……ネ」

本来であればダンスの後に皇妃とする旨の宣言を出すはずの皇帝がなかなか戻ってこないことにざわついていたダンスホールだったが、専用通路からケルネールスが現れたことにほっと安堵の息をついた。

しかしケルネールスの機嫌が最悪だったことに皆が戦《おのの》いた。

一人で戻ってきて玉座にどかりと腰を下ろしイライラと膝を揺するケルネールスは非常に近寄りがたく、誰もがマチルダがとんでもない粗相をしたのだろうと囁きあった。

「陛下……、その、マチルダ殿は」

代表で宰相が恐る恐る近寄り、小声でケルネールスに尋ねるが、鋭い視線で数カ所を刺され瀕死《ひんし》の重傷を負った。宰相が駄目ならばもう誰も訊けまい、と誰もが重苦しい雰囲気のまま時間が過ぎるのを待つしかないと思われたそのとき、ケルネールスの前に進み出た者がいた。

「陛下、マチルダは大丈夫ですか？」

小鳥のさえずりのように軽やかに届くのは、クリスティーヌの声だった。

皆がこんな可憐な姫君がケルネールスの視線の前に晒されては、死んでしまうのではと危惧したが、そうはならなかった。ケルネールスは髪をぐしゃりと掻き回して眉間にしわを寄せた。

「あいつめ、気持ちよさそうに寝ておるわ……」

人の気も知らず、と憎々しげに顔を歪めるケルネールスだったが、クリスティーヌはコロコロと笑う。

「あら、ほほほ……さすがマチルダだわ」

「あやつは昔からあのように図太いのか？」

むすっとした顔のままケルネールスが尋ねるとクリスティーヌは否定せずニコニコとしている。

「マチルダはわたくしがもっとも信頼を寄せる者ですわ。また同じだけ信頼されているという自負もございます」

その言葉を聞いてケルネールスが眉をつり上げた。そして幾分斜に構えていた体勢を改め、正面からクリスティーヌを見た。

「ラムニル国は単なる弱小国ではなくなる、と……認識を改めねばならないかな？」

「恐れ入ります」

あくまで優雅に微笑むクリスティーヌからは、ただのか弱いお姫様ではない、なにかが滲み出ていた。油断ならないと警戒を強めるケルネールスとは対照的にファースがキュンと胸を高鳴らせていたのは、また別の話である。


そんなことがあったとは夢にも思わないマチルダは翌朝、すっきりと目を覚ました。広い寝台の上で思いっきり伸びをし、上体を起こすと、足下の椅子にケルネールスが腰掛けてこちらを見ているのが目に入った。

「え？　陛下？　お、おはようございます……？」

昨日のことをすっかり忘れて自分は西棟にいるはずなのになぜ、と盛大に疑問符を散らすマチルダに、ケルネールスが呆れてため息をつく。

「よく眠れたようだな？　ルネと呼ぶように言ったのもすっかり忘れているようだが」

「あっ！」

ケルネールスの一言で昨日のことを思い出したマチルダは、ここが西棟ではなくケルネールスの、皇帝の寝室だと気がつく。そして数珠つなぎ的に舞踏会のことも、その後の交わりも余すことなく思い出し顔を青くした。

「陛下……いえ、ルネ……わたしあのあと寝てしまった……？」

「ああ、それはもうぐっすりと。おかげでお前を皇妃に指名する事ができずに舞踏会はうやむやのまま解散した」

帝国のお偉方から各国の王女達を待ちぼうけさせてしまった、とショックを受けるマチルダだったが、大事な事実に気付いて顔を上げた。

「陛下……ルネがちょっと我慢したらよかったのではないですか？　わたしよりもルネが顔を青くするべきで……あっ！　クリスティーヌ様にも挨拶せずわたし……！」

クリスティーヌ命のマチルダはとんでもないミスを犯してしまった、と青いのを通り越して顔を紫色にしているのを、ケルネールスは些細なこと、と唇を歪めて目を眇めた。

「クリスティーヌ王女はお前がいなくても大丈夫だ。あの可憐な顔の下は狡猾《こうかつ》な策士だ」

危うく騙されるところだった、と小声で呟くとマチルダが鬼のように目をつり上げた。

「可憐は同意致しますが狡猾とはクリスティーヌ様のことを語るのに相応しい表現ではありませんね！　お改めくださいませ！」

指を突きつけて指摘するマチルダに、ケルネールスは再びため息をつくと大儀そうに立ち上がりその手を掴んだ。

「……はっきりしているのは、お前がまだ完全に私だけのものになっていないということだな。本当に鈍いのはいつになっても治らない。難儀なことだ」

「え？……あっ！」

掴まれた手を引かれ身体ごとケルネールスにぶつかったマチルダは位置を入れ替えられ、寝台に腰掛けたケルネールスの膝の上に座らされた。

「お前の唯一になるには、いったいどれだけの時が必要なのだ？」

「ゆ、……唯一……」

苦々しい表情はしていても、ケルネールスの碧の瞳はマチルダに対する想いで溢れている。思わずゴクリと喉を鳴らしたマチルダは自分のお尻の下に熱いものを感じた。それがなにか気付くとパッと顔に朱が散る。

「あの、……ルネ……」

「ああ、そうだな」

ケルネールスは涼しい顔をしているが、その間もマチルダのお尻の下のそれは熱く、固さを増していった。

「……わたしは小国ラムニルでも貧乏貴族で」

「ああ」

「目の覚めるような美人でもなくて」

「ああ」

「お転婆《てんば》でお節介で」

「ああ」

少しは否定してくれても、と思いながら、マチルダは不安を吐露する。しかしケルネールスは肯定しかしない。だんだんとネタが尽き、マチルダが言葉に詰まってくると、腰に回された腕の力が強まった。

「きゃ！」

「それだけか？」

「そ、それだけって」

身分も低く容姿も満足ではないマチルダを娶ればケルネールスが侮られてしまうかもしれない。大帝国の地盤を揺るがす蟻《あり》の穴になりたくないのに、とマチルダは必死に考える。しかしマチルダが決定的な一言を思いつく前に、ケルネールスが口を開いた。

「それしきのこと、皇帝の愛の重さに比べたらいかにも些末」

「あ、……愛ぃぃ！」

真顔で言ってのけたケルネールスの顔を思わず凝視すると、ケルネールスはもうおしゃべりの時間はお仕《し》舞《ま》い、とばかりにマチルダの唇を塞いできた。

「ちょ、ま……っ、ルネ……っんむ！」

反論を口にできないまま、マチルダは再び寝台に沈んだ。結局マチルダが公に姿を現し、ケルネールスから皇妃の証としてティアラを与えられたのは翌日のことだった。

「え、ラムニル国に？」

「ああ、他国の動向を見ておこうと、皇帝になる前に秘密裏に各国を見て回った。ラムニル国に行ったときに王女と一緒に居るお前を見かけた。そのときはマチルダだとは知らなかったが、雨で出来た水たまりの泥水を馬車が跳ね上げた」

そう言われてマチルダは、あ、と膝を叩いた。

数年前のことだ。街の孤児院の視察にいくクリスティーヌの随行としてマチルダも同行した際、そういうことがあった。

「お前は護衛より早く王女と馬車の間に入って泥水を頭から被った」

「そうそう、あのときは大変でした。恥ずかしいところを見られていたのですね」

驚いて悲鳴を上げるクリスティーヌを大丈夫だからとなだめてなんとかやり過ごしたのを覚えている。マチルダは当時からクリスティーヌ様はお優しくて可愛らしくて、と呟く。

「恥ずかしくない。とても立派だった」

ケルネールスはまっすぐにマチルダを見つめた。あまりに真摯な物言いに、マチルダは頬を赤らめる。

「いや、思わぬところで褒められてしまったわ……照れますね……」

「だから茶会の席で王女を庇って前に出たとき、あのときの侍女がマチルダだとすぐにわかった」

泥水を被ってもなお主のため、と胸を張るマチルダの、堂々とした態度がとても好ましくずっと脳裏に焼き付いていたのだ。

視察からの帰国後、感銘を受けたラムニルの風景を模した公園を選《よ》りすぐりの庭園技師に作らせた。

進んで泥を被り、それでも堂々としていたマチルダのように、己も民のために泥を被るのを厭わぬ皇帝になるのだという決意の表れだった。

それが自分の遅い初恋だったなどという事実は、気恥ずかしくてケルネールスは誤魔化すようにマチルダを抱き締めた。


マチルダは鏡台のスツールに座りながら、ケルネールスに髪を梳られていた。なぜそんな事をしているかというと、マチルダがラムニル国に一時帰国するためだった。

クリスティーヌが帰るのに合わせてマチルダも一旦帰ると言いだしたのだ。

それに慌てたのはケルネールスだった。

クリスティーヌ第一のマチルダを手放すのが不安なのだろう。もしかしたら里心がついてもう帝国には行かないと翻意されるかもしれない。

何度も帰るな、とかなり強い語調で諭したがついぞマチルダが首を縦に振らなかった。そしてとうとう出発の朝、マチルダの髪を整えようとやってきたヴィルマを廊下で待たせて、ケルネールスが自らマチルダの髪を梳《す》いているのだ。

「ちょっと帰って結婚の報告をして、またとんぼ返りしてくるだけですよ？　クリスティーヌ様に無事に帰国してもらうのはわたしの責務ですし、両親にも話をしなければ。筆頭侍女としての引き継ぎも……」

「理屈はわかる。納得できないだけだ」

マチルダのつむじに口付けしながらケルネールスは唇を尖らせた。マチルダに見えないだろうと気を抜いた表情だったが、しっかりと鏡に映ってしまい、マチルダが歓声を上げた。

「えっ、ルネ可愛いです、今のもう一回やってください！」

「ばっ！　皇帝に向かって可愛いとは不敬な！」

照れたケルネールスが乱暴に櫛《くし》を入れるとマチルダが悲鳴を上げた。

その声を聞いて廊下で待機していたヴィルマが何事かと顔を出し、慌ててケルネールスを止める。

そんなこんながあり、慌ただしく出発したマチルダ達だったがムイール帝国の国境に近付くとマチルダの口数が減っていった。

クリスティーヌは気付かないふりをしていたが、マチルダがあまりに後ろ髪引かれる顔をするのでとうとう口を開いた。

「マチルダは残ってもいいのよ？　陛下が護衛をたくさん付けてくださっているし、マチルダの家族には私からきちんと説明をするから」

「いいえ！　クリスティーヌ様を守るという使命を差し置いてわたしの事情を優先させるなんてあり得ませんから！　心配ご無用にて！」

どんと胸を叩いたマチルダだったがその表情は冴えない。

無理をしているのが丸わかりである。しかしクリスティーヌはマチルダの気持ちを尊重して口を閉じる。

馬車の中に気まずい沈黙が満ちたが、マチルダが異変に気付いた。

粛々《しゅくしゅく》と移動している一団だったが、馬車の外がなにやら騒がしくなったのだ。始めは少しの違和感、そしてそれは次第に大きなうねりとなり終いには別の馬車に乗った侍女達から悲鳴が上がり始めた。

「姫様、おかしいです！」

「ええ、なにかあったのかしら……まさか襲撃？」

まだ帝国領内なのにそんな馬鹿なと思いながらマチルダは小窓のカーテンを開け、外の様子を窺う。

併走する騎馬の騎士達もちらちらと後ろを気にしている。

「なにがあったのですか？」

「いや、それが……」

小窓を開けてマチルダが護衛騎士に声を掛けるが、騎士は困ったように眉を下げる。

その様子にマチルダとクリスティーヌが案じたような襲撃ではないことはわかったが、では一体なんだというのか？

マチルダは小窓をめいいっぱい開くとクリスティーヌが止めるのも聞かず顔を出し、それでも足りない、と身体を大きく乗り出した。そこに見えたのは黒い塊だった。

「しゅ、シューリー？」

まるで黒い弾丸のようにシューリーが猛然と馬車を追いかけて来ていたのだ。マチルダはクリスティーヌに許可をもらい、馬車を止めてもらうと慌てて外へ飛び出した。

「シューリー、あなたどうして……！」

皆が怖々と遠巻きにする中、マチルダはシューリーに向かって両手を広げる。シューリーはマチルダを認めて速度を落とすと手前でピタリと止まりマチルダに向かって顎を反らす。

「ああ、シューリー！　やっぱりあなたは素直で可愛らしいわね！」

ぎゅっと抱き締め顎の下を撫でてやると、ゴロゴロと喉を鳴らす。しかし余程疲れたのか、マチルダの膝に顔を乗せるとふーっと荒く鼻息をつき、目を閉じてしまう。

「え？　シューリー、困るわ……起きてちょうだい！」

「すまないな、マチルダ。シューリーが逃げ出してしまったのだ」

聞き慣れた声に顔を上げると単騎でシューリーを追いかけてきたのか、ケルネールスが馬から降りるところだった。

「ルネまで！　逃げ出したって……まさかシューリー自ら西棟の檻を抜け出して城下を国境近くまで駆けてきたわけではないですよね……」

そんなことをしたら大騒ぎである。

マチルダがじとりとケルネールスを睨むと分が悪いと見たのか、ケルネールスはふい、と横を向く。

「まったく……なんなんですかもう……」

「そんなことを言うものではないわ、マチルダ。陛下はあなたと離れがたくてシューリーをけしかけて追っていらしたのよ」

クスクスと笑いながら馬車から降りたクリスティーヌはファースのエスコートを受けて優雅にケルネール

スに挨拶をする。

「お久し振りです、陛下」

「本当に、いい性格をしている……」

苦虫を噛み潰したようなケルネールスとは対照的に、クリスティーヌは微笑むと国境を越える前にしばし休憩を取ると宣言した。


「もう……本当にどうしちゃったんですか、ルネ」

並んで木陰に座りながらマチルダは口を尖らせた。

本当は帰る前に会えてうれしいのだが、皆がこちらの様子を窺っている気配がする手前、それを素直に口にすることはできなかった。

ケルネールスはそんなマチルダをじっと見つめ、ため息をつく。

「お前、本当に私のことを愛しているんだよな？」

「ひえっ？　な、なにを急に？」

周りに聞こえないかとヒヤヒヤしながらマチルダはケルネールスの口を手のひらで塞ぐ。

これ以上恥ずかしいことを言わせないようにしたつもりだったが、手のひらを舐められておかしな声が出てしまう。

「ひゃ！」

「どうもお前から愛しているという雰囲気が流れてこない気がする……もっと表に出せ」

マチルダの手を取って今度は手の甲に口付けを落としたケルネールスは指、そして爪先、と唇を落としていく。

周りがこちらを窺うざわざわとした雰囲気を感じて、マチルダは顔から火を噴きそうだった。

（なんなの！　ルネが……甘い！　可愛い！）

「おおお、表に出せといわれても……性分なものですから、すぐには……。あの、戻ってくるまでに練習しておきますから！　結果をどうかお楽しみに！」

激しく照れるマチルダにケルネールスは目を眇めて『信用ならん』と言うと素早く唇を重ねた。

それはすぐに離れたが、想いは伝わった気がした。

「早く帰ってこい。私もシューリーも待っているから」

「……はい」

マチルダは顔を真っ赤にして頷いた。


ラムニル国に帰ると、マチルダはクリスティーヌの両親……つまり国王と王妃に出迎えられた。なんならクリスティーヌよりも手厚い歓迎のしようにマチルダは眉間にしわを寄せた。

「あの、陛下……これはいったい」

王宮のバルコニーを見ると『おかえりマチルダ、おめでとうマチルダ！』と垂れ幕が下がっている。この仕込みは？　と隣を見ると満面の笑みを浮かべたクリスティーヌがうんうんと頷いていた。

「皆マチルダが皇妃に選ばれたことを喜んでいるのよ……改めて、本当におめでとう！」

ふわりと抱き締められて嬉しいのだが、それ以上に釈然としないモヤモヤが残る。

しかしクリスティーヌがマチルダの幸せを喜んでいるのは本当のことなので、抱擁は有り難く受け取る。

たとえ後ろでファースが歯ぎしりしていたとしても、である。

歓迎の晩餐会を終えるとようやく両親と落ち着いて話すことができた。帝国での様子は逐一ラムニルに知らせが届いていたようで、両親は気が気ではなかったらしい。

「……本当に、五体満足で帰ってきてくれて……ほんとうに、もう……っ」

「ご心配をお掛けしました……」

どこまで正確な報告がされたのかは恐ろしくて聞けない。まさか陛下の閨に侍っていたことまで両親は知っているのだろうか？

知らない場合、どうやって皇妃になったのかと根掘り葉掘り聞かれそうなので藪《やぶ》は突かないでおこうとマチルダはカップを傾けて喉を潤した。

「それにしても大帝国の皇帝は随分と変わった趣味をしているのね」

「ああ、まさかマチルダのような跳ねっ返りを……いや、そういうお国柄なのかもしれないな！　いやいや、元気がいいのは喜ばしく！　マチルダは私達自慢の娘だが！　それを看破するとはいや、さすが皇帝と言うべきか……！　いや、お目が高い！」

言い繕ううちにどんどんわけがわからなくなったらしい父親はかなり強引に結論を述べると誤魔化すよう

に茶を飲んだ。

「正直なところ、皇帝陛下はなにがよくてわたしを皇妃に、と思われたのかわからないわ……わたしだって何度も確認したし」

「マチルダ、お前……そんなことを……っ、うっ！」

動揺のあまり手に持ったカップの中身を自分の足にぶちまけてしまった父親は真っ赤な顔をして熱がる。母親は呆れながらも扇で煽いでやっている。

「私達にしてみれば王宮に来ることだって心臓が飛び出るくらいの出来事なのに、大帝国に嫁ぐなんて、マチルダ……あなた大丈夫なの？」

問題は礼儀作法だけではない。

ラムニルよりもずっと大きな国土を有する帝国は味方も多いが敵も多い。外からも中からも圧力を受ける伏魔殿の中で、皇帝を支えてやっていけるのか。

親としてはまっとうな心配である。

「心配だわ……とても心配。わたしは自分が一番信用できないわ。でも」

最初は身が竦むほどの圧を感じていたケルネールスを、可愛いと思うまでになった図太い自分なら、そして――

「クリスティーヌ様を選ばないどうかしてる皇帝とわたしなら、案外お似合いなんじゃないかって思うのよ」

にこりと微笑んだマチルダを、呆けた顔で見ていた両親は、同時に笑い出した。

それは王宮の給仕係が驚くほどの声だった。

「は……、ふっ、はっはっはっは！　違いない、それは確かにそうだな！」

「ほほほ……っ、ふふ、……あぁ苦しい……」

半分は虚勢だったが、楽しそうに笑う両親をみて、頑張ろう、と誓いを新たにしたマチルダだった。


そして帝国への輿入れの日になった。

帝国に嫁ぐせいか、マチルダの父親は短期間に驚くほど出世した。

特に帝国からなにかを言われたわけではないが、ご祝儀のつもりなのかクリスティーヌの父親であるラムニル国王が思いつく限りの勲章《くんしょう》をこれでもかと贈ったのだ。

中にはこじつけのようなものもありマチルダは呆れてしまったが、それでも国王の心遣いが嬉しかった。

父親は自分には重すぎる……と勲章がたくさんついた盛装に身を包み、顔を青くしていたが母親はただ笑っていた。『耐えろ』ということだ。

マチルダはクリスティーヌに暇乞《いとまご》いのため王宮に立ち寄っていた。

本来ならばもっと早くに筆頭侍女の任を解かれてしかるべきだったが、クリスティーヌがギリギリまでマチルダと一緒に居たいと言ってくれたのだ。

それを聞いたマチルダの瞳からは涙が滂沱と溢れた。

ご丁寧に帝国から迎えが来てくれるということでその直前に筆頭侍女解任の儀を執り行い待機していると帝国から迎えの一団が到着したと連絡が入った。

マチルダが窓から覗いてみるといつかケルネールスと城下散策に使った馬車とは比較にならないほどの豪奢な馬車を筆頭に数台の馬車と、たくさんの騎馬の護衛騎士が列を成していた。

「うわ……やりすぎだってば……。まだ結婚もしてないのに」

こんな仰々しい迎えなど、と思っていると、一人の騎士がひょいと顔を上げた。

そしてマチルダに向かって手を上げたのだ。

あまりに遠いため、最初は太陽が眩しくて視界を遮ったのかと思ったが、その騎士をまじまじと見つめたマチルダは息が止まった。

「……っ、ルネ!」

「え?」

両親達が呆気にとられる中、マチルダは綺麗に着せてもらったあわいピンクのドレスの裾を持ち上げて走り出した。

背後からマチルダを制止する声が何度も聞こえたがとても止まれるものではなかった。見間違いか、いや、そうではない。

顔は見えなくてもあの身のこなし、間違うはずはない……ルネだ！

マチルダは一気にエントランスまで駆け下りた。

息を切らせてエントランスに現れた本日の主役に辺りがざわめいた。

それもそうだろう、マチルダはせっかく綺麗に結ってもらった髪を振り乱して現れたのだ。王宮の警備兵も帝国からの騎士達も呆気にとられるなか、一人の騎士がゆったりとした動作でマチルダの前に進み出た。

「……なんで」

「マチルダを他の男にエスコートさせるつもりがなかったのでな……しかし、お前がエスコートを必要としない女だったと、今思い出したところだ」

帝国の騎士……の扮装《ふんそう》をしたケルネールスはマチルダに向かって両腕を広げた。

「迎えに来た、我が妻マチルダ」

「……ルネ！」

感極まってケルネールスの首に抱きつくと、ケルネールスはマチルダを抱き上げ、クルクルと回った。マチルダのドレスの裾が花びらのように広がり、周りからは歓声と拍手が湧き上がった。

完全に二人の世界に入ったマチルダとケルネールスを、クリスティーヌや国王夫妻、マチルダの両親、そして帝国側からは護衛騎士のライオスが呆れながらも笑って祝福していた。

第七章　ある意味予想通りの結婚式

苦しい。

喉を圧迫される息苦しさにマチルダは唸る自分の声で目が覚めた。見ると自分を抱き締めるケルネールスの腕が原因だった。

「もう、ルネったら……」

どこにも行かないというのに、ケルネールスはこうして無意識にマチルダを拘束することが多い。なかなか自分の思い通りにならないマチルダがどこかへ行ってしまうのではないかという無意識の不安からそうするのかもしれない。

マチルダはそこまで気を揉ませたことに申し訳なさを感じながらも、その束縛が嫌いではなかった。

「わたしだって、ルネがいつ他の人に目を向けるかって、心配してるのに」

ケルネールスの気持ちを疑っているわけではない。本当に、心の底から愛してくれていると感じている。しかし、それは『暫定』であるとマチルダは思う。いつか、自分よりもケルネールスにぴったりな女性が現れるのかもしれない。

クリスティーヌに生涯を捧げるのだと思っていた自分の前にケルネールスが現れたように。

厚いカーテンの向こうに朝の気配がするような気がして、マチルダはそっと寝台を下り、カーテンを開けた。

丁度空が白み始め、世界が夜から朝に生まれ変わろうとしていた。

「雲ひとつないわね……いい天気になりそう」

今日は、ムイール帝国皇帝・ケルネールスとマチルダの結婚式だった。


数日前から各国の貴賓が続々と帝国入りしていた。城下は喜びに沸き、人々は浮き足立っていた。王城内は喜びながらも慌ただしく準備が最終段階に入っていた。

陣頭指揮を取るのは宰相である。

毒殺未遂のあと、ケルネールスに対して辞職を申し出たがあっさりと却下された。

「お前が私を支えずして誰が私を支えるのだ」

その言葉に憚ることなく感激の涙を流した宰相は、以降性格が丸くなり、よりケルネールスに対する忠誠を強めた。

結婚式も自分が取り仕切る、と異常なまでに張り切り周りを心配させたが、さすがは年の功か自分が出しゃばるより適材適所で人材を送り込むことで円滑に進めていた。

おかげでマチルダは自分のことに集中できたのでありがたかった。

引き続きヴィルマがマチルダの専属になってくれたおかげで帝国内での意思疎通も問題なく、花嫁衣装に身を包んだマチルダは鏡台の椅子に腰掛けて鏡を見ていた。

「……本当に、結婚式の日が来たわ」

「ええ、みんな今日の日をどれほど待ち望んでいたか」

少し涙声になるヴィルマを鏡越しに見る。ケルネールスの元乳母としては我が子のことのように感じているのだろう。

「さあ、ティアラを」

ムイール帝国の皇妃に代々伝わるティアラは、マチルダが今まで見た宝石類の中でもっとも繊細で美しいものだった。

練習で何度か頭に乗せたが、実際の重さより、歴史と責任とで余計に重く感じた。

「ティアラを乗せる前に、陛下にご挨拶をしたいのだけれど」

マチルダの言葉にヴィルマが動きを止めた。

「なにか問題でも?」

「いいえ、そうではなくて……ティアラを乗せる前に話しておかなければならないことがあって」

ずっと考えていたのだが、このハレの日に水を差すのではないかと重い、迷っていたのだ。しかしいざ皇妃の証のティアラを乗せる段になって、このままではいけないと心を決めたのだ。

ヴィルマは訝しげな顔をしつつもティアラを元通り仕舞い、マチルダを先導してケルネールスの控え室に向かった。

「……マチルダ、やはり美しいな!」

少しの衒いもなくケルネールスはマチルダを賞賛した。衣装合わせから数えるともう何度も花嫁衣装を着たマチルダを見ているのに、変わらず美しいと褒めてくれるケルネールスに、マチルダは感謝していた。

どんな美姫より自分を選んでくれた。想う人に選ばれる幸せをくれたケルネールスのことを、心の底から愛している。

だから、いま、言わねばならない。

「私に話したいこととは?」

「はい、ルネには覚えておいていただきたいのです……わたしが唯一ではないかも知れないことを」

思いもよらないマチルダの言葉に、ケルネールスが目を眇める。ヴィルマも背後で息を呑む気配がした。

「どういうことだ? 私からの愛情が足りないと言うことか?」

気色ばむケルネールスにマチルダは静かに目を伏せる。

「いいえ、ルネはわたしに溢れるほどの愛をくださっています。でも、クリスティーヌ様が唯一の主だと思っていたわたしにルネが現れたように、ルネにもまた本当の唯一が現れるかも知れない、その可能性を忘れないでほしいのです」

自ら立てた誓いに縛られて本当の運命を逃してしまっては不幸になる。マチルダはケルネールスが不幸になるのが一番つらいのだ。

「ならばどうしろと?」

ケルネールスの声は固い。自分の気持ちを疑われているようで面白くないのだろう。それほどに深い愛情を与えてもらっていると、マチルダは知っている。

だからこそ今、言っておかねばならないと思った。

「もしも、わたしよりももっと大事な人が出来たのなら、隠さず正直に教えてほしいのです。ルネをわたしに縛り付けたくはないの……お願い」

「私はマチルダに縛られるなら構わない。魂まで縛ってくれ」

ケルネールスはマチルダの手を強く握った。怖いくらいに真剣な顔だった。

「わたしだって、ルネに死ぬまで縛られていたい。でも、心に嘘はつかないと約束して……神に誓う前にわたしと約束してほしいの」

自分が言っていることはケルネールスの心変わりがあることを示唆するようで侮辱に近いと思った。事実ヴィルマは口を挟めずにいるしケルネールスは黙り込んでしまった。

最悪結婚は辞めるという話になるかもしれない……だが、どうしても譲れなかったのだ。

長い沈黙の後、ケルネールスが口を開いた。

「マチルダが、それを望むなら約束しよう」

「……ルネ、ごめんなさい、ありがとう……！」

マチルダが抱きつくとケルネールスも同じだけ抱き締め返す。式の前に不安がらせるようなことを言ってしまって申し訳ないと思ったが、ケルネールスが約束してくれて安堵したマチルダだった。

予定通り頭にティアラを乗せて、マチルダはケルネールスと並んで祭壇に向かっていた。

ムイール帝国の結婚式は神と先祖に誓うものだった。帝国に身を捧げるという内容の宣誓の言葉を先にケルネールスが述べ、次にマチルダが同じように述べるのだ。しかしケルネールスがいつまで経っても宣誓の言葉を口にしない。

「……ルネ？」

ざわざわと周りがさざめく中、マチルダが小さく声を掛けると、ケルネールスは顔を上げた。

「先祖と神だけでは足りぬ。私は皇妃マチルダを愛し守り共に生きていくことを、ここに列席いただいた諸国の王や王妃、そしてなにより帝国の全ての民に誓う。決して不安にさせない。思いは言葉にする。嘘はつかない。死ぬまで、いや死しても愛すると誓う」

「……ルネ！」

マチルダの焦ったような声に辺りが動揺したようにざわめくが、ケルネールスは晴れやかな顔をしてマチルダを見つめた。

「愛している、マチルダ」

「……！」

言葉を失ったマチルダの瞳が涙で潤むと列席者から拍手が起きた。それはケルネールスの宣誓を承認するものだった。それを呼び水に式場は万雷《ばんらい》の拍手に包まれた。


かつて圧倒的な武力で周辺国を恐怖させた大帝国ムイールはある賢帝の時代から融和路線に切り替え、慈善事業に力を入れるとともに、その時代には珍しく血統に拘《こだわ》らない後継を指名することで繁栄を続けた。

その起点になったのは他国から娶った身分の低い皇妃の存在だったと、しかも史上稀《まれ》に見るおしどり夫婦であったと後世には伝わっている。……それがお転婆でお節介な某国の元筆頭侍女なのかどうかまでは不明である。

あとがき

初めましてのかたもお久しぶりのかたもこんにちは。小山内慧夢と申します。

この度は『うちの姫様を選ばないなんてどうかしてる！　若き皇帝はお付きの侍女を溺愛する』をお手に取ってくださり、誠にありがとうございます（いま流行りの長いタイトル、間違えずに打つのは至難の業ですね！）。

私は本をあとがきから読むことがあるのでここでのネタバレは控えますが、内容はタイトルそのままです（最大のネタバレ）！　今回のタイトルは上の句下の句みたいになっていて気に入っております。ちなみに私が考えたのは上の句です。（仮）がとれて上の句に昇進……。

いつもの小山内らしく素っ頓狂さは健在で、本書で大人のあなたを満たす（ガブリエラブックス様のキャチコピーです）ことができるのか、戦々恐々でございます。憧れのレーベルであるガブリエラブックス様で出していただけるというのにこの素っ頓狂さ……よくゴーサインが出たと驚いております。

本書を執筆するにあたって気をつけたのが、早めにエッチをすることでした。

いつも後半にならないとそのような雰囲気にならない話づくりを何とかしたいと常々思っていたのでチャレンジしたのですが、これが大変難しかったです。

あれこれ捏ねまわすうちにこのような素っ頓狂になってしまいました……あれ、どこからか素っ頓狂はいつものことだと聞こえた。真理、それは宇宙の真理なのか。

そんな本書にＴＬとしての意義を思い出させ、さらに花を添えてくださったのが表紙と挿絵を担当してくださったウエハラ蜂先生です。

見た？　皆様もうご覧になりました？　ページを繰る手が震えるほどの美麗なイラストの数々‼

あああああ、なんて素晴らしい！　お転婆マチルダがこんなにかわいらしく美しく、格好いいと書いたケルネールスがこれ以上ないくらいに格好よく描かれていて、もう思い残すことはありません。ウエハラ先生、本当にありがとうございます！　ずっと大好きです！

そしていつまでたっても執筆作業に慣れない小山内を根気強く導いてくださったＮ様、本当にありがとうございました。

最後になりましたがいつも温かく見守ってくださる皆様。皆様が許容して下さるおかげで、こっそりＴＬ界の隙間で文筆業を続けることができております。本当に、本当にありがとうございます。

皆様の健康と素敵なＴＬライフが続くことを祈りつつ、またどこかでお会いできることを願いまして。

小山内慧夢

ガブリエラブックスをお買い上げいただきありがとうございます。
小山内慧夢先生・ウエハラ蜂先生へのファンレターはこちらへお送りください。

〒110-0016　東京都台東区台東4-27-5（株）メディアソフト
ガブリエラブックス編集部気付 小山内慧夢先生／ウエハラ蜂先生 宛

gabriella books

MGB-035

うちの姫様を選ばないなんてどうかしてる！
若き皇帝はお付きの侍女を溺愛する

2021年7月15日 第1刷発行

著　者　小山内慧夢《おさないえむ》

装　画　ウエハラ蜂《はち》

発行人　日向晶

発　行　株式会社メディアソフト
〒110-0016
東京都台東区台東4-27-5
TEL：03-5688-7559　FAX：03-5688-3512
http://www.media-soft.biz/

発　売　株式会社三交社
〒110-0016
東京都台東区台東4-20-9 大仙柴田ビル2階
TEL：03-5826-4424　FAX：03-5826-4425
http://www.sanko-sha.com/

印　刷　中央精版印刷株式会社

フォーマットデザイン　小石川ふに(deconeco)

装　丁　齊藤陽子（CoCo.Design）

ISBN 978-4-8155-4058-6